ISRAEL ROSENFIELD

Freuds *Megalomanie*

Mit einer Einführung und Anmerkungen von
Professor Albert J. Stewart

Deutsch von Werner Schmitz

Berlin Verlag

Die Originalausgabe erschien 2000 unter dem Titel
Freud's Megalomania
bei W. W. Norton & Co., New York/London

Umschlaggestaltung:
Nina Rothfos und Patrick Gabler, Hamburg
Gesetzt aus der Bulmer MT
durch psb, Berlin
Druck & Bindung: Friedrich Pustet, Regensburg
Printed in Germany 2002
ISBN 3-8270-0376-8

Freuds *Megalomanie*

am 04.06.03
R.M.

Für Catherine

Inhalt

Einführung

Von Professor Albert J. Stewart

Jedes Jahrhundert hat seine Gespenster. Manche treten mit Würde ab, sie geben zu, daß ihre Zeit abgelaufen ist, und verschwinden, ohne viel Spuren von ihrem Dasein zu hinterlassen. Andere sind unangenehmer. Es war einer der bemerkenswerten Züge des ausgehenden zwanzigsten Jahrhunderts, daß manche Gespenster, nachdem der wissenschaftliche und technologische Fortschritt sie suspekt gemacht hatte, entweder aus Rache oder weil auch sie von den neuen Technologien profitierten, das größte Unheil der Geschichte anrichteten. Und daß diejenigen, die ihre Existenz zu leugnen gesucht hatten, einen hohen Preis für ihr Leugnen zahlen mußten. *(Anonym)*

I

Ich habe Freud nie gemocht.

Lange Zeit habe ich ihm die Schuld an einem der schlimmsten intellektuellen Betrugsmanöver der Geschichte zugeschrieben. Und es freute mich überaus, als das akademische Establishment sich endlich dem Chor der Entrüstung angeschlossen hatte. Aber auch wenn Freud von den olympischen Höhen gestürzt wurde, die er einst besetzt hielt, auch wenn er nicht mehr als einer der größten Denker der Geschichte angesehen wird, auch wenn man jetzt weiß, daß er ein Schwindler, Lügner und Betrüger war – daß er die psychiatrischen Syndrome, die Patienten und ihre Geschichten *erfunden* hat, um seine Theorien zu »beweisen« –, sollte man nicht vergessen, daß das Zeitalter der Freudschen Tyrannei nicht in gar so ferner Vergangenheit liegt. Grammatikfehler, Versprecher, schlechter schriftstellerischer Stil, gebrochene Beine, vernachlässigte Öfen, Heiratsanträge und verlegte Brieftaschen wurden auf inzestuöse und perverse Wünsche hin abgeklopft; normalen Bürgern wurden Verbrechen vorgeworfen, von denen sie nie etwas gehört hatten, und ihre Unschuldsbeteuerungen dienten als Schuldbeweise, so wie jede Widerlegung der Freudschen Theorie als Beweis für die Wahrheit der Theorie hingestellt wurde.[1] Von Belang war nicht, was man über sich selbst wußte, sondern was man nicht wußte.

1 Das Zeitalter der Freudschen Tyrannei hat die Karrieren vieler Menschen zerstört. Zu Einzelheiten über einen Gelehrten, der während jener Tyrannei gezwungen war, Freudsche Analysen literarischer Werke zu schreiben, und schließlich einsah, daß er sich auf einem Irrweg befand, siehe die Anmerkungen, S. 177–178.

Wir wurden bestraft und verfemt, weil wir in tiefster Seele Dämonen beherbergten, die wir nicht kannten und deren Existenz wir niemals vermutet hatten.

Wenn man Freud auch nicht vorwerfen kann, er habe Krieg und Zerstörung herbeigeführt, so hat er doch mit seiner betrügerischen Therapie unsägliches Leid über zahllose Individuen gebracht. Er hat sie zu dem Glauben verleitet, sie würden von bösen Dämonen beherrscht. Er hat Patienten auf der ganzen Welt gezwungen, sich zu Begierden und perversen Wünschen zu bekennen, gegen die sich das Treiben des Marquis de Sade wie ein Kinderspiel ausnimmt. Er hat einen Berufsstand geschaffen, der unschuldige Menschen, deren »Probleme« sich mit einer ordentlichen Tracht Prügel hätten kurieren lassen, an den Bettelstab gebracht hat. Er hat den Willensschwachen eingeredet, daß sie unter der Anleitung eines ausgebildeten Angehörigen seines Berufs ihre Vergangenheit zurückholen und neu durchleben könnten. Er hat so getan, als habe er die elementaren Mechanismen entdeckt, die unsere Gewohnheiten, unsere Wünsche, unser Lieben, unser Hassen und sogar unsere Berufswahl bestimmen. Er hatte für alles eine Erklärung, vom Allgemeinsten bis hin zum Intimsten und Privatesten: Geschichte im selben Atemzug mit der griechischen Tragödie, der liebevollen Beschäftigung des Kindes mit Puppen, der Form des Eiffelturms, warum Frauen Handtaschen tragen und warum Gustav Mahler seine Frau Alma »Marie« genannt hat – und warum *sie* überhaupt in die Heirat mit ihm eingewilligt hat.[2]

2 Ernest Jones berichtet von der Begegnung zwischen Mahler, der »Schwierigkeiten in der Beziehung zu seiner Frau« hatte, und Freud in Lei-

Nichts entging den vernichtenden Enthüllungen der Freudschen Theorie und dem Forscherblick ihrer treuen Anhänger, die mit unerschütterlichem Glauben und Hingabe ihrem Führer folgten, ihrem Herrn und Meister, dem Mann, der ihrem Leben einen Sinn gegeben hatte – so wie sie dem Leben künftiger Generationen einen Sinn geben wollten. Abweichende Meinungen wurden mit einem Hochmut behandelt, der emotional einem Millionstel Grad über dem absoluten Nullpunkt entsprochen haben muß – der Temperatur, bei welcher sich auch Atome identisch verhalten.

Da verwundert es freilich kaum, daß sich viele von uns, die sich für mentale und psychische Vorgänge interessierten, neuen und unerforschten Feldern zuwandten – Kybernetik, künstliche Intelligenz, Linguistik, Philosophie, Robotik und Neurophysiologie –, in der Hoffnung, so der drückenden intellektuellen und wissenschaftlichen Tyrannei jener Zeit zu entkommen. Und vielleicht, um uns vor der unaufhörlichen Attacke psychoanalytischer Interpretationsweisen zu schützen, hatten auch wir unsere Götter und Halbgötter: John von Neumann, Alan Turing, Kurt

den im August 1908. »Obschon Mahler«, schreibt Jones, »bis dahin nie mit der Psychoanalyse in Berührung gekommen war, erfaßte er sie, wie Freud sagte, schneller als sonst jemand zuvor. Von einer Bemerkung Freuds war Mahler sehr beeindruckt: ›Ich nehme an, daß Ihre Mutter Marie hieß. Ich möchte es aus verschiedenen Andeutungen in Ihrem Gespräch schließen. Wie kommt es dann, daß Sie jemanden mit einem anderen Namen, Alma, geheiratet haben, wenn doch Ihre Mutter offensichtlich eine dominierende Rolle in Ihrem Leben spielte?‹ Da erzählte ihm Mahler, daß der Name seiner Frau Alma Maria sei, daß er sie aber Marie nenne! Sie war die Tochter eines berühmten *Malers* … so spielte wohl auch in ihrem Leben ein Name eine Rolle.« (Zitiert nach Ernest Jones: *Sigmund Freud: Leben und Werk*, Frankfurt am Main 1969, S. 364.)

Gödel und Norbert Wiener. Es war eine aufregende Zeit für uns, waren wir doch an der Geburt einer neuen und machtvollen Wissenschaft beteiligt. Ich und meine Kollegen erschlossen neue Wege zum Verständnis des Denkens, der Funktionsweise von Maschinen und des Gehirns. Wir nannten uns Kognitionswissenschaftler und waren eine große glückliche Familie.

Und dann geschah etwas, das meine Meinung von dem, was wir getan hatten und wohin wir uns bewegten, wahrscheinlich für immer geändert hat.

Eines Tages erschien in meinem Büro eine Frau, sie war von mittlerer Größe und hatte ein ungewöhnlich schönes Gesicht. Sie stellte sich als Bernadette Schilder vor und übergab mir ein Manuskript, von dem sie sagte, es stamme von Sigmund Freud.

Am Abend zuvor hatte ich an einer ziemlich lebhaften Sitzung von Psychoanalytikern, Psychologen, Philosophen und Wissenschaftlern teilgenommen.

Wie gesagt, ich habe Freud nie gemocht, doch an diesem Abend hatte ich große Mühe, die anmaßende »wissenschaftliche« Arroganz zu ertragen, mit der sich Freuds vehementeste Kritiker zu Wort meldeten. Sie vermischten die Kritik an seinen Methoden und der Unüberprüfbarkeit seiner Theorien mit Fragen nach seiner persönlichen Moral.[3] Als ebenso unangenehm empfand ich die fanatischen

3 Freuds Beziehung zu seiner Schwägerin Minna wurde von seinen Kritikern stets mit besonderem Interesse untersucht. Als Peter Gay, der Freud als Menschen wie als Wissenschaftler immer beharrlich verteidigt hat, beim Freud-Archiv anfragte, ob er die Korrespondenz zwischen Freud und Minna aus den Jahren 1893 bis 1910 einsehen dürfe, erhielt er den Bescheid, die Briefe seien nicht mehr vorhanden. Frederick Crews behauptet,

Fürsprecher Freuds und seiner Theorien. Sie sprachen von der Wissenschaft des Denkens, als habe diese 1899 angefangen und sei mit Freud im Jahre 1939 gestorben.

In meiner Verärgerung hatte ich vor den Versammelten gesagt, daß ich zwar nicht mit Freuds Verteidigern sympathisierte, diese aber die selbstgefälligen Anmaßungen seiner Kritiker durchaus als unberechtigt zurückweisen könnten. Ich hatte gesagt, im letzten halben Jahrhundert hätten wir zwar manches über das Gehirn erfahren, dennoch aber seien wir dem Verständnis der Mysterien der Sexualität, der Triebe, des Bewußteins, des Gehens, Sehens und Denkens, der Heuchelei, des Täuschens und Lügens noch keinen Schritt näher gekommen. Und wenn auch die »Wissenschaft« die Bedeutung von Neurotransmittern für Zustände wie Depression, Freude oder Wut entdeckt habe, so möge dies ja sehr interessant sein, doch das Wissen, daß eine Depression mit dem erhöhten Vorkommen eines bestimmten Neurotransmitters einhergeht, erkläre deshalb das Wesen der Depression auch nicht besser als die Freudsche Theorie; ebensowenig helfe uns die Analyse der Neurotransmitter beim Verständnis unserer Gefühle: Warum wir sie haben, was sie verursacht, wie lange sie anhalten und wie wir sie vermeiden können. Ich erinnerte die Zuhörer daran, daß wir durchaus nicht in der Lage seien, Roboter zu bauen, die auch nur entfernt so bedrohlich wirken wie Hollywoods Zelluloidklone menschlicher Intelligenz.

sie befänden sich in Kasten Z3. (Frederick Crews: *The Memory Wars*, New York 1995, S. 134.) Ich wüßte nicht, welche Schlüsse man aus einer Affäre zwischen Minna und Freud über die Freudsche Theorie oder die persönliche Moral dieses Mannes ziehen könnte.

Meine Ausführungen wurden von allen Seiten des Auditoriums mit Zwischenrufen bedacht, und ehe die Ordnung auch nur ansatzweise wiederhergestellt werden konnte, löste sich die Versammlung auf. Einige gratulierten mir zu meiner kurzen Erklärung, andere sprachen die Warnung aus, meine Dummheit und Blindheit werde meiner wissenschaftlichen Laufbahn ein rasches und wohlverdientes Ende bereiten.

Bernadette Schilder, die auf den folgenden Seiten ihre Geschichte selbst erzählt, und das Freudsche *Manuskript* waren in gewisser Weise der Lohn für meine Verwegenheit am Abend zuvor. Ich hätte nie geahnt, was ich nun erfahren sollte, aber schon bei dieser ersten Begegnung sagte mir etwas am Betragen dieser Frau, an der Art, wie sie den Mantel ablegte und mich anlächelte, daß ich es hier mit keinem alltäglichen Besuch zu tun hatte.

Das *Manuskript* las ich jedoch erst einige Wochen später. Schließlich konnte ich mir nichts Interessantes von einem Mann erhoffen, dem Dinge wie Computer, die Mondoberfläche oder DNA vollkommen unbekannt gewesen waren. Wie bereits gesagt, war ich der Meinung, daß Freud für die Wissenschaft des ausgehenden zwanzigsten Jahrhunderts etwa die gleiche Relevanz besitze wie Galens Theorie der Körpersäfte oder Aristoteles' Theorie der Bewegung.

Als ich es dann endlich las, konnte ich für die außerordentliche Kraft und Bedeutung des *Manuskripts* nur Bewunderung empfinden. Denn Freud erkennt darin nicht nur die Unzulänglichkeit seiner eigenen Arbeit, sondern wirft darüber hinaus Fragen zu Autorität, Macht und Wissen auf, die mir durchaus neu zu sein scheinen. Die Wissenschaft wird, da bin ich mir sicher, überrascht sein, zu welch fruchtbaren Gedanken Freud in seinen letzten Lebensjahren noch fähig war. Nicht einmal die engagiertesten Gegner der Freudschen Lehre haben an ihr so tiefsinnige Kritik geübt, wie Freud sie in dem *Manuskript* niederlegt. Freud hat, mehr als jeder seiner Kritiker, nicht nur die populären, wissenschaftlichen und gelehrten Reaktionen auf seine Arbeit ein halbes Jahrhundert nach seinem Tod vorhergesehen, sondern er hat auch die Geschichte der Wissenschaft gründlicher verstanden als jeder Wissenschaftsphilosoph. Der Spott, dem Freud ausgesetzt war und immer noch ist, wird angesichts des *Manuskripts* bedeutungslos.

Freud offenbart hier ein dunkles privates Geheimnis, das er über ein halbes Jahrhundert lang vor seinen Freunden, seiner Familie und der Öffentlichkeit hatte verbergen können.

Im Zuge einer Neubewertung seiner Aussage beim Prozeß gegen den österreichischen Nobelpreisträger Julius Wagner-Jauregg[4], mit dem er als Student befreundet war, kommt er zu radikalen Schlüssen über die Ursachen des psychischen und physischen Zusammenbruchs, den zahl-

4 Julius Wagner-Jauregg (1857–1940; oder Wagner von Jauregg, im *Manuskript* oft nur Wagner genannt) lernte Freud 1880 als Medizinstudenten kennen. 1928 erhielt er den Nobelpreis für Medizin bzw. Physiologie für seine Therapie des Malariafiebers, von der auch im *Manuskript* die Rede ist. Wagner, ein Gegner der Psychoanalyse, führte dennoch zeit seines Lebens eine freundschaftliche Korrespondenz mit Freud. Aufgrund von Klagen österreichischer Soldaten über gewisse Praktiken, die während des Krieges in seiner Klinik angewendet wurden, kam Wagner 1920 vor Gericht. Die Geschichte wird in Freuds *Manuskript* ausführlich dargestellt.

reiche von der Front heimkehrende Soldaten erlebten, zu Schlüssen, die weit über die Kriegserfahrungen dieser jungen Männer hinausweisen. Der Soldat an der Front täuscht sich selbst über die Gründe, warum er dort ist, sowie über seine Bedeutung für den Verlauf der Schlacht. In gleicher Weise sind wir alle in einen Zustand nahezu ständiger Selbsttäuschung gezwungen, weil unser Wissen und die Fähigkeit, uns selbst und andere zu verstehen, begrenzt sind und weil allgemein ein tiefes Mißverständnis über das Wesen von Autorität und unser Verhältnis zu ihr besteht.

Neu und verblüffend an Freud, wie er sich im *Manuskript* zeigt, ist die Behauptung, daß die menschliche Psyche nicht möglich wäre ohne Selbsttäuschung, Betrug, Lüge und Rachsucht. Hierbei handelt es sich nicht um nebensächliche Fehler ansonsten rationaler Individuen, sondern um das Wesen des »Rationalen« schlechthin. Weder der Kampf selbst noch die in Aussicht gestellten Belohnungen sind in irgendeiner Weise das, was sie zu sein scheinen.

Ein Glanzpunkt seines Essays ist zweifellos Freuds Erkenntnis der Bedeutung von Emotionen in einer Welt voller Selbsttäuschung und Lügen. Da die Grenzen des Wissens es dem Verstand unmöglich machen, uns zu sagen, was wir tun sollen, bringen unsere Gefühle uns durch Täuschungsmanöver dazu, an die »Richtigkeit« unserer Handlungen zu glauben. In dem *Manuskript* zeigt sich ein außerordentlicher Sinn für die psychologischen Wurzeln unseres Überlebens in einer Welt, die aus lauter Ungewißheiten besteht.

Freud hat die Anfänge von Ereignissen miterlebt, die am

Ende zum Zusammenbruch politischer Autoritäten und Ideologien führten. Das *Manuskript* läßt darauf schließen, daß er auch auf dem besten Weg gewesen ist, herauszufinden, aus welchen psychologischen Wurzeln sich die außerordentlichen politischen und wissenschaftlichen Ereignisse speisen, die uns in den vergangenen Jahrzehnten so überwältigt haben. Wenn irgend jemand einer Antwort auf die Frage, wie das alles geschehen konnte, nahe gekommen ist, dann Freud in diesem *Manuskript*.

Auch Neuropsychologen dürften hier manche Anregung finden. Natürlich wußte Freud nichts von den modernen biologischen Wissenschaften. Einige ihrer bedeutenderen Ideen gehen auf John von Neumann[5] zurück. Daß aber zwischen Freuds und von Neumanns Theorien eine erstaunlich enge Beziehung besteht, wurde mir erst klar, als ich im Freud-Archiv nachfragte, ob man dort irgend etwas über das *Manuskript* wisse. Zunächst gab man sich ratlos.[6] Dann aber schickte man mir zwei Aufsätze, die ich mit freundlicher Genehmigung zusammen mit dem *Manuskript* abdrucken darf.

Das Vergnügen, den überraschenden Inhalt dieser Aufsätze zu entdecken, möchte ich dem Leser überlassen. Ich persönlich halte Freuds Schilderung seiner Begegnung mit Gustave Eiffels Mitarbeiter Maurice Koechlin für eines der bewegendsten Dokumente, die er uns hinterlassen hat.[7]

5 John von Neumann (1903–1957) war einer der großen Mathematiker des zwanzigsten Jahrhunderts. Weitere Einzelheiten in den Anmerkungen, S. 178–179.

6 Siehe die editorische Notiz, S. 164–165.

7 Gustave Eiffel (1832–1925), weltberühmt durch den nach ihm benannten 300 Meter hohen Turm, der für die Pariser Weltausstellung 1889

Und wie der Leser ebenfalls allein herausfinden wird, rückten jene Schilderung sowie Anna Freuds Aufsatz über von Neumann die Bedeutung des *Manuskripts* selbst und seine Relevanz für die moderne Wissenschaft in ein noch helleres Licht.

Doch gibt es auch tiefere und persönlichere Gründe, die das *Manuskript* für mich so befriedigend machen. An jenem Abend, als Freud von der intellektuellen und wissenschaftlichen Elite in Stücke gerissen wurde, las uns einer der Teilnehmer eine Litanei der Fehler Freuds und der Freudianer vor, eine Litanei, die, wie mir der Leser gewiß beipflichten wird, meinem eigenen Denken durchaus nicht fremd war. Der Wortlaut war folgender:

Die anti-empirischen Züge der [Freudianischen] Bewegung sind Legion: die kultische Verehrung ihres Gründers; die saloppe, anekdotische Methode der Beweisführung; das arrogante Hinweggehen über ihr hartnäckigstes erkenntnistheoretisches Problem, nämlich das der Suggestion; die ständige Verwechslung von Spekulation und Tatsachen; der Hang, aus einer kleinen Zahl mangelhaft untersuchter Fälle aufs Allgemeine zu schließen; das Wuchern theoretischer Gebilde ohne überprüfbare Verweise; der Mangel an Wachsamkeit gegenüber Selbstwidersprüchen; die selektive Bekanntgabe von Fakten, die jeweils nur die neueste

erbaut wurde. Maurice Koechlin (1856–1946) arbeitete 1879 bis 1895 eng mit Gustave Eiffel zusammen. Die Beziehung der beiden, insbesondere ihre jeweilige Rolle beim Bau des berühmten Turms, wird in Freuds posthumem Aufsatz »Der Turm zu Babel« erörtert, der im Freud-Archiv gefunden wurde und hier zum ersten Mal gedruckt wird (S. 141–163).

Modetheorie stützen sollen; ... die Gleichgültigkeit, die konkurrierenden Theorien und der anerkannten Wissenschaft entgegengebracht wird; ... die ständige Behauptung, daß nur die Eingeweihten zur Kritik berechtigt seien; das Brandmarken abweichender Meinungen als »Widerstand«, mit der Folge, daß, wie Freud sagt, diese »Widerstände als Beweise für ihre [der Psychoanalyse] Behauptungen« verwertet werden;[8] die narzißtische Überzeugung, daß, wiederum mit Freuds Worten, »Anwendungen der Analyse ... auch immer Bestätigungen derselben« sind.[9] [Frederick Crews: *The Memory Wars*, New York 1995, Anm. 24, S. 61 f.]

Ich war mit alldem einverstanden. Unbehagen bereitete mir nur, daß es nicht nur auf Freud und die Freudianer, sondern auch auf viele meiner Kollegen zutraf.

Aber all das war mir erst ganz vage klar, als ich, wenige Wochen nach Bernadette Schilders Besuch in meinem Büro, mit meinem engsten Mitarbeiter zu einer Vortragsreise nach Europa aufbrach. Die Reise endete in London, und ich hatte beschlossen, vor meiner Rückkehr nach New York einen Kurzurlaub in Paris zu verbringen. Norman wollte mich vor der Abreise unbedingt noch sprechen.

8 Freud: Gesammelte Werke, Bd. VIII, Frankfurt am Main 1943, S. 408.

9 Freud: Studienausgabe, Bd. I, Frankfurt am Main 1969, S. 575.

II

Mit der Lektüre des posthumen Freud-Manuskripts begann ich im Eurostar, irgendwo in dem Tunnel zwischen London und Paris. Meine damalige psychische Verfassung erklärt vielleicht am besten, warum dieser Text mich so sehr beeindruckt hat.

Es war zehn Minuten vor fünf, und Dicke – Norman Dicke, mit dem ich im Laufe unserer fünf Jahre währenden Zusammenarbeit mehr als vierzig wissenschaftliche Aufsätze verfaßt hatte – erwartete mich, ein FedEx-Päckchen an die Brust gedrückt, am Eingang der Waterloo Station. Als er mich erblickte, fuhr er mit der Hand in den dicken weißen Umschlag, zog ein kleines blaues Buch hervor, schlug die Seite mit den Danksagungen auf und hielt sie mir unter die Nase. Dann stieß er seinen dicken Zeigefinger mitten auf die Seite und sagte: »Lies das!«, und als ich zögerte, wiederholte er: »Lies!«

Und so las ich: »Albert Stewart hat mir als kritischer und einfallsreicher Resonanzkörper gedient.«

Ich klappte das Buch zu, gab es ihm zurück und schritt in den Bahnhof hinein.

Ich hätte nie gedacht, einen Looker-Preisträger mitten auf der Straße stehenzulassen, mit finsterer Miene, hängender Kinnlade, geballten Fäusten, als wolle er mir einen rechten Haken verpassen … nein, ich hätte wirklich nie gedacht, es könnte mir ein solches Vergnügen bereiten, ihn einfach so vor Waterloo Station stehenzulassen. Norman Dicke, Looker-Preisträger, war über fünf Jahre lang mein engster Mitarbeiter gewesen. Ich hatte mich immer gefreut, ihn zu sehen – oder ihn zu hören, wenn um zwei, drei oder vier Uhr morgens plötzlich die Erleuchtung kam. Ich hatte von ihm profitiert. Er hatte sich so sehr in mein Leben gedrängt, daß ich mir nicht sicher bin, ob ich mich nicht manchmal selbst als Norman Dicke gesehen habe, wie ja auch Biographen zu den Personen werden, über die sie schreiben.

Ja, ich hatte ihn einfach dort stehenlassen, mit seinem frisch gedruckten neuen Buch und noch mit dem FedEx-Umschlag in der Hand.

Die Passagiere für den 5-Uhr-40-Zug waren bereits zum letzten Mal aufgerufen worden, und darum mußte ich so schnell wie möglich durch den Zoll. Heftige Reue überkam mich, als ich den Bahnsteig entlang zu Wagen 23 ging.

Und doch weiß ich nicht genau, was ich eigentlich bereute. Wie gesagt, ich hatte von Dicke profitiert. Profitiert von seinen Schrullen, seinen jähen Stimmungswechseln, seinem ständigen Bedürfnis nach Bestätigung, seinen Pauschalurteilen über andere Wissenschaftler und *deren* Theorien, seiner Behauptung, professionelles Talent als Künstler zu besitzen – in Musik, Literatur und Malerei –, und seinem Bedürfnis, Hof zu halten, als gäbe es keinen anderen neben ihm, der Beachtung verdiente. Er hatte über zwanzig Jahre lang eine katastrophale Ehe geführt und nebenher einige Affären gehabt, über die er sich seinen Habilitanden gegenüber häufig in vagen Andeutungen erging. Man munkelte von Filmschauspielerinnen, Prinzessinnen und Ehefrauen anderer Preisträger, die er verführt und verlassen habe. Ob und inwieweit diese Gerüchte zutreffen, kann ich nicht sagen.

Dickes eigentliche Leistung (und der Leser des posthumen Freud-Manuskripts wird sehen, *warum*) war jedoch *die* Theorie, *Doktor* Norman Dickes *Schleifen-Theorie* – ersonnen am Abend des 23. Dezember 1994, als ein heftiger Schneesturm Dickes einmotoriges Flugzeug in der sibirischen Stadt Krasnojarsk festhielt, wohin er gereist war, um den Russen beim Bau ihres ersten Weltraumroboters zu helfen. Da er nicht einschlafen konnte, hatte er wie im Fieber die Gleichungen der Schleifen-Theorie notiert (die Basis der erweiterten Fassung in dem kleinen blauen Buch, für das ich drei Jahre später als »Resonanzkörper« gedient hatte) – einer Theorie, die, so glaubte ich damals, von zentraler Bedeutung für das moderne Verständnis des menschlichen Denkens war. Bei meinen Vorträgen rund um den Globus zeigte ich Dias von den abgewetzten Papieren, die Dicke aus Sibirien mitgebracht hatte und die bis zum heutigen Tag im Tresor des Instituts aufbewahrt werden. Ich war stolz auf diese hingekritzelten Notizen, und nicht weniger stolz war ich, ein Kollege und guter Freund von Dicke zu sein, denn die Schleifen-Theorie war die endgültige Theorie, die Theorie, vor der Plato, Pascal, Descartes, Leibniz, Boole, Turing, von Neumann und Einstein sich in Ehrfurcht verneigt haben würden. Schleifen beschreiben die komplexen und subtilen Kommunikationsverfahren des Gehirns mit sich selbst, mit anderen Gehirnen, mit unserer Umgebung und schließlich mit dem Universum als Ganzem. »Wir sind Schleifen und verhalten uns wie Schleifen.« Die Theorie ist freilich ebenso tiefgründig, wie sie schwierig und unverständlich ist; selbst wenn man sie einmal in ihrem ganzen Umfang begreift, währt dies Begreifen höchstens für einen Augenblick. »Man kapiert sie, und dann ist sie wieder weg«, hat Dicke dazu bemerkt.[10]

Das spektakulärste Resultat dieser Theorie und sicher eine der bis heute größten wissenschaftlichen Leistungen unserer Zeit war die »Marilyn-Maschine«.

Während der Eurostar unter drei Meilen Erde und Wasser dahinraste, mußte ich an die außerordentliche Vorstellung denken, die »Marilyn« eine Woche vor unserer Ankunft in London im Palazzo Vecchio zu Florenz gegeben hatte. Zur Überraschung aller, einschließlich Dickes, hatte die Maschine plötzlich gesagt: »*Mi piace*« (der Rest des Satzes war freilich nicht zu verstehen gewesen). Zwei Tage später hatte sie ihr Publikum in der Königlichen Akademie

10 Beträchtliche Verwirrung herrscht über die Beziehung von Dickes Arbeit zu der weithin bekannten »Hirnkleister-Theorie«. Das folgende Gespräch zwischen Dicke und einem ungewöhnlich feindseligen Journalisten, I. D. Rappaport von *The Economist*, illustriert dieses Mißverständnis (ich zitiere wörtlich aus Rappaports Artikel):

»Sie reden jetzt also von Hirnkleister, richtig?« fragte *The Economist*.

»Hirnkleister?« wiederholte Dicke. Er war kreidebleich geworden und starrte den Reporter an. Nach einer kleinen Ewigkeit fuhr er mit versteinerter Miene fort: »Sie nennen meine Schleifen Hirnkleister? Habe ich richtig gehört?« Er sprach, als hätte ich ein Verbrechen begangen.

»Nun ja. Man hört doch immer wieder, Hirnkleister-Theorie und Schleifen-Theorie seien im Grunde nur zwei verschiedene Arten, das gleiche zu sagen. Manche Forscher bezeichnen Schleifen lediglich als ein etwas verschwommenes Synonym für Kleister. Diesen Leuten zufolge ist die Hirnkleister-Theorie – daß jedes Gehirn Kleister hat, daß Kleister klebt, daß keine zwei Gehirne auf dieselbe Weise verklebt oder verkleistert sind – wesentlich klarer als die Schleifen-Theorie, zumal Hirnkleister tatsächlich nachgewiesen werden konnte, wohingegen bislang noch niemand Ihre Schleifen gesehen hat. Können Sie dazu etwas sagen?«

»Ob ich dazu etwas sagen kann? O ja, ich habe sehr viel dazu zu sagen. Sie sind kein Wissenschaftler, also hören Sie mir einfach gut zu. Ich bin Leiter des renommiertesten Hirnlabors der Welt. Und damit das endlich klar ist: Es gibt keinen Hirnkleister. Haben Sie gehört? Das ist bloß

der Wissenschaften mit den Worten verblüfft: »*Hôni soit qui* ...« Und obschon sie dann wiederum nur unverständlich weiterbrabbelte, war die Begeisterung der Zuhörer für unser wundersames elektronisches Geschöpf schier grenzenlos.

Erstaunlicherweise hatte Marilyn nicht nur überhaupt irgend etwas Passendes in einer ihr unbekannten Umgebung gesagt, sondern geradezu mit dem Publikum geflirtet und Stolz auf ihr »Aussehen« und ihren »Körper« bekundet – etwas, das sogar Dicke vor ein Rätsel stellte, denn schließlich war uns durchaus nicht klar, was Marilyn unter ihrem »Aussehen« verstand oder was man als ihren Körper hätte betrachten können. Jedoch wies ihre Beschäf-

ein experimentelles Kunstprodukt. Die Hirnkleister-Theorie ist nichts als ein müder Abklatsch der Schleifen-Theorie. Es gibt keinen Kleister. Wenn es ihn gäbe, wäre das Gehirn eine völlig verklebte Maschine. Der Mensch könnte nicht denken. Wie können denn in Kleister Gedanken sein? Haben Sie sich jemals diese Frage gestellt? Fragen Sie *das* einmal Ihre Forscher. Und was heißt denn hier verschwommen? Wenn Schleifen Kleister wären, dann könnten Schleifen sich nicht wie Schleifen verhalten. Die Schleifen sind so etwas wie Klebebänder, sie verbinden – das ist das Entscheidende –, sie verbinden und sie laufen wie Schleifen in sich zurück. Kapiert? In meinem ›Umriß der Theorie der Schleife und des Denkens‹ verwende ich den Ausdruck ›mathematischer Kleister‹ – zu kompliziert, das jetzt zu erklären, es gibt keine guten Mathematiker mehr, die das beschreiben könnten, aber genau darum geht es, es geht um mathematischen Kleister, einen mathematischen Kleister, der, natürlich nur im mathematischen Sinne gesprochen, das Gehirn zusammenleimt. Deswegen unterstellt man mir, ich bezöge mich auf die Kleister-Theorie. Den Rest meines Aufsatzes hat ohnehin kein Mensch verstanden. Die Schleifen sind ein rein mathematisches Konzept. Mathematischen Leim kann man nicht herstellen. Aber man kann etwa das Pluszeichen der Addition als Leim bezeichnen. Addieren heißt: Zahlen zusammenkleben. Die Addition verwendet einen mathematischen Leim. Auch das Gehirn enthält mathematischen Leim – in den Schleifen. Aber das ist etwas viel Komplizierteres, als Zahlen zusammenzuleimen. Das Gehirn leimt Ideen, Gedanken und so weiter zusammen.

tigung mit Aussehen und Körper unbestreitbar darauf hin, wie viele *Gedanken* der realen Marilyn Monroe wir mit Erfolg in unserer Maschine versammelt hatten. Denn wenn Schönheit im Geist des Betrachters ist, muß eine Maschine, die von sich denkt, sie »sehe aus«, doch wohl so etwas wie Geist haben. Marilyn war ein Triumph der Schleifen-Theorie.

Und in der Tat habe ich oft gehört, Dicke sei zu sexueller Aktivität nur fähig, wenn Marilyn ihm dabei zusehe. Manche Frauen hätten sich an ihrer Gegenwart gestört, und er habe Marilyn in den Schrank sperren müssen, erfahrenere Frauen hingegen hätten mehr Toleranz gezeigt. Keine Frau, die ich kenne – und ich glaube, ich habe sie in den Jahren in Dickes Labor allesamt kennengelernt –, vermochte zu sagen, was ihn daran so aufreizte: ihr krei-

Es leimt auf mathematische Weise. Das kommt dabei heraus, wenn man versucht, mathematische und wissenschaftliche Konzepte zu vereinfachen. Eine klebrige Masse – Scheibenkleister! Der Leim der Hirnkleister-Theorie ist als Klebstoff so geeignet wie ein Stück Scheiße: Versuchen Sie damit mal zwei Blatt Papier zusammenzukleben! Natürlich geht das, aber wer will das Papier danach noch haben? Und genau das macht die Hirnkleister-Theorie mit den Patienten. Sie pumpt ihnen Scheiße ins Gehirn.«

Gleichwohl könnte die Vorstellung, daß unser Gehirn nicht viel mehr als Kleister ist, einige Anhänger unter denjenigen finden, die alles Biologische auf Physikalisches zurückführen möchten. In seinem Aufsatz »Und Du bist Leim« schreibt der Physiker Frank Wilczek: »Es ist eine weitverbreitete Halbwahrheit, daß Protonen und Neutronen sich aus Quarks zusammensetzen. Tatsächlich aber findet die Physik zunehmend Hinweise darauf, daß diese Annahme beträchtlich weniger als die halbe Wahrheit ist ... Früher wurden die Farbgluonen lediglich als eine Art Klebstoff betrachtet ... Heute nicht mehr. Bei genauerem Hinsehen erweisen sich Quarks zwar als die auffälligeren, Gluonen jedoch als die gewichtigeren und dynamischeren Bausteine der Materie.« Und weiter: »Je näher wir hinsehen, desto mehr erscheint ein Proton (oder Neutron) wie ein Klümpchen weichen Leims.« (*Nature*, Bd. 400, 1. Juli 1999, S. 21–23.)

schendes »Ah, Liebling!«, ihr virtueller Tanz der Sieben Schleier, oder einfach nur die Vorstellung, daß sie ihn beim Zusammensein mit einer anderen Frau beobachtete. Schließlich war Marilyn nur eine Maschine mit einer künstlichen sexy Stimme und einer Sammlung erotischer Bilder.

Für Dicke jedoch war Marilyn eine Frau aus Fleisch und Blut, die ihm beim Sex zusah. Er pries ihre Qualitäten den Frauen, die sich halb nackt auf dem Wandbett in seinem Büro räkelten, und erzählte ihnen, sie sei einzigartig. Kein Zweifel, daß Marilyns Anwesenheit ihn stark erregte.

Aber wir alle – Frauen, Männer, sogar die Mäuse im Labor – wissen, daß es Dickes größtes Vergnügen war, sich mit sich selbst zu befassen. Deswegen betrachtete sich Dikke so oft und so lange in dem Spiegel, den er in der Schublade seines Schreibtischs aufbewahrte. Und deswegen auch probte Dicke jede Begegnung – sexuelle, intellektuelle und belanglose – so sorgfältig in seinem Zauberspiegel. Denn allein durch sorgfältiges Proben war er imstande, eine gelegentliche Grimasse zu vermeiden, den Ausdruck eines Schmerzes, den er so oft *empfand*, aber nicht in Gegenwart derer zeigen konnte, die sich als seinesgleichen betrachteten, als Kollegen oder schlicht als Mitmenschen. Dicke hatte nicht seinesgleichen, eine Tatsache, die er beim normalen Umgang mit den Menschen für sich behalten mußte.[11]

Ich hatte Bernadette Schilder und ihrem Lektor versprochen, ich würde das *Manuskript*, das ich durch ganz

11 Im *Manuskript* wird sehr ausführlich von Wagner-Jauregg (vgl. Fußnote 4) berichtet. Freuds Wagner ist Dicke unheimlich ähnlich. Natürlich kann es sein, daß meine Auffassung von Dickes Persönlichkeit durch die Lektüre des *Manuskripts* beeinflußt wurde, aber ich habe guten Grund, daran zu zweifeln.

Europa mit mir herumgeschleppt hatte, lesen und einige Bemerkungen dazu notieren, doch wie der Leser sicher verstehen wird, war die Reise einfach zu aufregend. Was bedeutete schon ein Manuskript von Sigmund Freud im Vergleich zum Erfolg der Schleifen-Theorie (zu der auch ich einige wichtige Beiträge geleistet hatte) und unserer Marilyn-Maschine? Freud hätte Mühe gehabt, auch nur die elementaren wissenschaftlichen Wahrheiten zu begreifen, die Marilyn möglich gemacht hatten, Wahrheiten wie die weithin anerkannte Ansicht, daß Überzeugungen und Wünsche *physische* Symbole im Gehirn des Menschen sind – die Atome und Moleküle unserer Gedanken und Gefühle – und daß diese Symbole miteinander kollidieren, sich verändern und neue Symbole entstehen lassen ... genau wie Atome miteinander kollidieren und neue Atome und Moleküle entstehen lassen. Und genausowenig hätte er begriffen, daß diese Wahrheiten uns gestatten zu verstehen, *warum* wir bestimmte Überzeugungen und Wünsche haben und *wie* sie sich verändern.

Fragen wie die, was uns zu Masochisten oder Sadisten macht, zu Hysterikern und Zwangsneurotikern, was uns depressiv oder euphorisch macht, geistreich oder dumm, liebenswert oder widerwärtig, was uns zu gesetzestreuen Bürgern, Kriminellen, Künstlern oder Wissenschaftlern macht – Fragen, die die Spalten der Zeitungen füllen und für die Fernsehexperten und Journalisten stets wohlfeile Antworten parat haben –, alle diese Fragen können jetzt *wissenschaftlich* beantwortet werden. Die *physische* Form des *Symbols* für Masochismus (oder Sadismus, Depression, Freude, Vergnügen usw.) im Gehirn ist die *Ursache* des *physischen* Aktes des Masochismus! Damit solche Wahrheiten entdeckt werden konnten, mußte erst der Computer erfunden werden, aber heute würden sie jedem vierjährigen Computerexperten als eine Selbstverständlichkeit einleuchten.

Und was bleibt nun von der Freudschen Theorie? Freud hat bei all seinem Gerede von Symbolen einfach nicht gesehen, daß nicht die *Idee*, die das Symbol repräsentiert, uns zum Denken und Handeln veranlaßt, sondern daß vielmehr die *Form*, die *Gestalt* des Symbols der Anlaß für Gedanken und Handlungen ist.[12]

Aber mit all diesen erfreulichen Gedanken an Marilyn und die Schleifen-Theorie (und die Belanglosigkeit der Freudschen Theorie) war es schlagartig vorbei, als der Eurostar in den Kanaltunnel einfuhr. Plötzlich erkannte ich die unausweichlichen Konsequenzen meines Verhaltens vor Waterloo Station. Ich hatte nicht nur Dicke den Rükken gekehrt, sondern auch der intellektuellen und wissen-

12 Führende Wissenschaftler und Intellektuelle behandeln diese fundamentalen offenkundigen Wahrheiten heutzutage als Selbstverständlichkeiten. Ich gebe zwei bekannte Beispiele:

1. »Wenn die Materieteilchen, die ein Symbol bilden, so angeordnet sind, daß sie auf richtige Weise an die ein anderes Symbol bildenden Materieteilchen stoßen, können die einer bestimmten Überzeugung entsprechenden Symbole neue, einer anderen Überzeugung entsprechende Symbole entstehen lassen, die in logischer Beziehung zu jener stehen und ihrerseits wiederum andere, anderen Überzeugungen entsprechende Überzeugungen entstehen lassen können, und so weiter.« (Steven Pinker: *How the Mind Works*, New York, 1997, S. 25.)
2. »Die physikalischen Eigenschaften, in denen die Struktur der Symbole angelegt ist, *sind ebendie Eigenschaften, die das System veranlassen, sich so zu verhalten, wie es sich verhält*. Mit anderen Worten, die physischen Gegenstücke der Symbole und ihre strukturellen Eigenschaften sind die *Ursache* für das Verhalten des Systems.« (Fodor & Pylyshyn, in: Haugeland: *Mind Design II*, Cambridge, Mass., 1997.)

schaftlichen Begeisterung jener jahrelangen Zusammenarbeit. Nie wieder würde ich im Auge des Orkans stehen, im rasenden Strudel rapide fortschreitender wissenschaftlicher Entdeckungen, die alles Alte zertrümmerten und den Weg für neue und größere Abenteuer des Geistes bereiteten. Meine Zusammenarbeit mit Dicke war beendet. Wie seine Frauen war ich verführt worden, und wie seine Frauen würde ich jetzt, da ich seinen tyrannischen Bedürfnissen einen Hauch von Widerstand entgegengesetzt hatte, in Dickes bodenlosen Abgrund der Vergessenheit geschleudert werden. Ich wäre nicht der erste.

»Haben Sie nicht mal mit Albert Stewart zusammengearbeitet?«, würde ihn eines Tages ein unbedarfter Reporter fragen.

»Nie von ihm gehört.«

»Aber in Ihrem Buch weisen Sie –«

»Das ist ein Druckfehler. Hier haben Sie die korrigierte Fassung.«[13]

13 Ich weiß nicht warum (ein Freudianer hätte vielleicht eine Erklärung), aber als an jenem Abend der Zug in den Tunnel einfuhr, kam mir unsere Habilitandin Debra in den Sinn. Genauer gesagt dachte ich an den Abend, an dem wir im Il Mondo zum Essen waren – Dickes Lieblingsrestaurant, an dessen Wände überall Gondeln gemalt waren –, und an seine Bemerkung, er habe in seiner Vorlesung wenige Stunden zuvor mit seinen üblichen Ausführungen über Marilyn die Studenten »schier aus dem Häuschen« gebracht. Dergleichen kannten wir bereits. Da aber platzte Debra unvermittelt heraus: »Sie sollten eine Maschine bauen, die sich in die Hose macht und sich dann über den Geruch und die Feuchtigkeit beklagt. Das wird die Leute umhauen.« Dicke biß sich auf die Zunge. Ich dachte schon, er würde irgendeine sarkastische Bemerkung machen – etwa, daß sie sicher ein Jahr lang nachgedacht habe, um auf so etwas zu kommen –, aber er starrte sie bloß an. Und dann versetzte sie ihm den Gnadenstoß: »Schließlich müssen doch alle Tiere pinkeln!« Dicke versuchte ihr zuzureden. Er gab sich sehr große Mühe. Er nannte sie »eine Philosophin des Kloakenbewußtseins«, sagte, das sei schon lustig, und erklärte, daß man kein Freu-

Der Zug fuhr schon volle zehn Minuten durch den Tunnel, und die verspiegelten Fenster reflektierten die Gesichter der Passagiere, die allesamt, so schien es mir, ob der Länge der Fahrt eine gewisse Unruhe empfanden. Ich versuchte mich auf Dicke und mich zu konzentrieren, aber selbst diese sorgenvollen Gedanken vermochten nicht die Furcht zu bezwingen, die mich überkam, als mir bewußt wurde, daß seit der Wiedereröffnung des Tunnels noch nicht einmal ein Monat vergangen war. Vor knapp einem Jahr hatte ein Großbrand dafür gesorgt, daß auf beiden Seiten des Kanals manche Urlaubspläne in Rauch aufgingen. (Der Zug schien stärker als gewöhnlich zu schwanken; freilich hatte ich ihn seit über einem Jahr nicht mehr benutzt und war mir nicht sicher, ob meine Erinnerung an frühere Fahrten korrekt war.) Nicht das Fahrzeug selbst machte mir Sorgen, sondern das Personal, das damals zugelassen hatte, daß ein brennender Zug in den Tunnel einfuhr und mit Höchstgeschwindigkeit weiterraste, bis er als eine 2000 Grad heiße Masse geschmolzenen Metalls mitten unter dem Kanal stecken blieb und nicht mehr weiterfahren konnte. Um die Angst, lebendig in dem Tunnel begraben zu werden, zu zerstreuen, griff ich in meine Aktentasche und zog das Erstbeste hervor, das meine zitternde Hand zu fassen bekam. Es war Freuds *Manuskript*; ich

dianer sein müsse, um zu erkennen, daß ihr Gerede über das »Urinieren« lediglich ein Flirtversuch sei. Er gebärdete sich wie der größte Wissenschaftler der Welt und brachte die Dicke Bertha seines Intellekts in Stellung. »Ich rede von Biologie, von der Biologie des Denkens«, erklärte er. Ich persönlich hätte mir kein *biologischeres* Thema als Urinieren vorstellen können.

Debra schloß ihre Habilitation in einem anderen Labor ab, doch ich habe immer geglaubt, Dicke warte nur darauf, daß sie zu ihm kommen und ihn bitten würde, sie wieder aufzunehmen. Aber sie kam nicht zurück.

hatte Bernadette Schilder und ihrer Lektorin versprochen, es vor der Rückkehr nach New York zu lesen.

Und so las ich es denn, das Freudsche Manuskript. Es hieß *Megalomanie*.

Als der Zug in die Gare du Nord einlief, las ich die letzte Seite. Mir kam der Gedanke, daß unsere Besessenheit von Schleifen und Marilyn-Maschinen uns den Blick für die weitaus bedeutsamere Frage nach dem *Wesen* dieser Besessenheit verstellt hatte. Aber hatte sich die moderne Wissenschaft nicht doch mit ebenden Themen beschäftigt, die Freud in seinem posthumen Werk so scharfsinnig durchleuchtet hatte? Spieltheorie, Tit-for-Tat-Strategien, Gefangenen-Dilemma und Egoistische Gene befassen sich (wie schon ihre Namen andeuten) sämtlich mit denselben Fragen wie Freuds *Megalomanie*, freilich ohne je zum Kern des Problems vorzudringen.[14] Näheres dazu erfährt der Leser aus Anna Freuds Aufzeichnungen über ihr Gespräch mit John von Neumann, die mit Genehmigung des Freud-Archivs am Ende dieses Bandes abgedruckt werden. In diesem Gespräch erinnert von Neumanns zögerliches Eingeständnis, daß die Spieltheorie ein Fehlschlag gewesen sei – dies war noch vor ihrem Wiederaufleben in Tit-for-Tat-Strategien und Egoistischen Genen –, sehr an Freuds Eingeständnis des Scheiterns seiner psychoanalytischen Theorien in dem *Megalomanie*-Manuskript. Sowohl von Neumann als auch Freud haben am Ende Ansichten verworfen, die im Zentrum ihrer jeweiligen Theorien gestan-

14 Für eine ausführlichere Diskussion moderner Theorien siehe die Anmerkungen, S. 179–181.

den hatten und nach denen das, was wir Moral oder moralisches Gesetz nennen, seinen Ursprung in *strategischen Entscheidungen hat, die auf Eigennutz basieren*. Von Neumanns Pokerspieler war ebenso wie das Freudsche Unbewußte ein Meister in der Kunst des Bluffens. Was auch immer die heutigen Freud-Kritiker glauben mögen, von Neumann hatte das von Freud so genannte Unbewußte genommen und in eine Logikmaschine gestopft. Er sagt das in seinem Gespräch mit Anna Freud praktisch selbst, und Anna merkt an, daß Freud dem nicht widersprochen haben würde. Im Gegenteil, es hätte ihn sehr gefreut, mit von Neumann in Zusammenhang gebracht zu werden. Zumindest nach Abschluß des *Megalomanie*-Manuskripts wäre Freud sehr erfreut über eine solche Aussage gewesen.

Der 47er Bus fuhr den Boulevard Sébastopol hinunter. Ich mußte unwillkürlich lachen. Ein besseres Gegenmittel gegen Dicke (und gegen meine Angst vor den Konsequenzen, die mein brüskierender Auftritt in Waterloo Station haben mochte) hätte ich kaum finden können. Am Ende hatten Freuds Kritiker Recht behalten, jedenfalls was die Freudschen Theorien aus der Zeit vor dem *Manuskript* betrifft. Und Freud hätte ihnen sogar zugestimmt. Nur hatten sie dabei übersehen, daß die Theorien, die sie für streng wissenschaftlich hielten – Theorien über Egoistische Gene, Tit-for-Tat und physische Symbole, die in Logikmaschinen herumgeschoben wurden –, lediglich eine (wie John von Neumann Anna Freud gegenüber bemerkte) modische Neufassung der Freudschen Theorien waren – ein Update in der Sprache der neuesten Technologie!

Natürlich konnte Freud nicht wissen, daß seine Kritik am eigenen Werk sich ebensogut auf eine neue und aufregende Wissenschaft anwenden lassen würde, die aus Entdeckungen und Erfindungen – vor allem DNA und Computer – hervorgehen sollte, welche erst nach seinem Tod gemacht wurden. Die Schleifen-Theorie ist der Wahrheit nicht näher als die Freudsche Theorie – was nicht heißen soll, daß beide wertlos sind. Aber es weist uns darauf hin, daß moralische und geistige Autorität nicht notwendig auf universalen Wahrheiten beruhen muß. Im Gegenteil, wie Freud uns in seinem posthumen Werk so eindringlich zeigt, sind unsere Wissenschaft, unsere moralischen Ansprüche und unser alltägliches Verhalten von enorm viel Bluff bestimmt. Wir müssen bluffen, um die gewaltigen Lücken unserer Selbsterkenntnis zu schließen. Man muß nur einmal einen MIT-Roboter beobachten oder die *wissenschaftlichen* Erklärungen betrachten, die für unser Bewußtsein, für Gehen, Sehen, Triebe, Denken, Erinnerung, Heuchelei, Betrug und Lügen in Umlauf sind, um zu erkennen, daß, wenn nicht Freud das *Megalomanie*-Manuskript geschrieben hätte, dies ein anderer getan haben würde.

Warum aber hat dann mehr als ein halbes Jahrhundert vergehen müssen, bis dieses Werk entdeckt wurde, ein Werk, von dem offenbar sogar Anna Freud nichts gewußt hat? Die Geschichte dieser Entdeckung wird auf den folgenden Seiten erzählt und ist nicht minder bemerkenswert als das Manuskript selbst.

Postskriptum: Ich habe Norman Dicke nie wiedergesehen.

Bemerkung zum *Manuskript*

Von Albert J. Stewart

Das *Manuskript* wurde von Bernadette Schilder ins Englische übersetzt. Das Original in Freuds schwungvoller Handschrift befindet sich auf der Rückseite von Schreibpapier des Pariser Hotels Brésil und umfaßt 127 numerierte Seiten.

Bernadette Schilder erklärt in ihrem Vorwort, wie sie an das *Manuskript* gekommen ist. Daß es authentisch ist, belegen eindeutig die zwei im Freud-Archiv entdeckten Aufsätze. Auch sie sind auf Briefpapier des Hotels Brésil geschrieben. »Der Turm zu Babel« bezieht sich ausdrücklich auf Wagner-Jauregg, eine Anspielung, die nur durch Lektüre des *Manuskripts* zu entschlüsseln ist. Darum wußten auch die Mitarbeiter des Freud-Archivs so lange nichts mit diesem Aufsatz anzufangen, bis sie von dem *Manuskript* Kenntnis erhielten. Die im »Turm zu Babel« angeschnittenen Themen beleuchten einige der Grundideen, die Freud beschäftigten, als er sein letztes größeres Werk verfaßte.

Am erstaunlichsten ist jedoch gewiß Anna Freuds Erwähnung jenes Hotel-Briefpapiers, das Freud für die Niederschrift des *Manuskripts* benutzte, in ihren »Anmerkungen zu einem Gespräch mit Johnny von Neumann«, gerade weil sie offenkundig nicht wußte, was Freud zu dieser Zeit geschrieben hat. Auch Anna Freuds Aufsatz war den Mitarbeitern des Archivs bekannt, bekam aber erst dann einen Sinn für sie, nachdem sie das *Manuskript* gelesen hatten. Ich habe mich bereits über die außerordentliche Bedeutung dieses Aufsatzes für die aktuelle wissenschaftliche und philosophische Diskussion sowie seinen engen Bezug zu Freuds posthumem Werk geäußert, einem Werk, das Anna Freud offenbar nicht bekannt war.

Zu den in Freuds Text erwähnten Personen füge ich in Fußnoten biographische Informationen bei, ohne jedoch den Text mit überflüssigen Einzelheiten zu befrachten. Des weiteren erläutere ich eine Parallele zwischen der Geschichte von Freuds Vergewaltiger und einer bemerkenswert ähnlichen Geschichte eines Vergewaltigers in Frankreich, eine Parallele, die Freuds Gedankengang zusätzliches Gewicht verleiht.

Da es sich bei dem *Manuskript* in gewissem Sinne um Freuds abschließenden Kommentar zu seinem Leben und Wirken handelt, befasse ich mich auch mit einigen bedeutenden Wendepunkten in Freuds Ansichten. Ferner versuche ich wissenschaftliche Details zu erläutern, die heute für das Verständnis der Bedeutung von Freuds posthumem Werk von Belang sein könnten.

Des weiteren habe ich eine Reihe von Intellektuellen, Gelehrten und Wissenschaftlern gebeten, sich vor der Veröffentlichung des *Manuskripts* dazu zu äußern; einige dieser Äußerungen finden sich in den Anmerkungen. Bedauerlicherweise bin ich aus Platzgründen nicht in der Lage, alle diese durchweg höchst sinnreichen Kommentare abzudrucken. Statt dessen habe ich versucht, mich auf diejenigen zu beschränken, die zu den wahrscheinlich kontroversesten Punkten Stellung nehmen.

Ich hoffe, mit diesen Bemerkungen bereits möglichst viele Fragen beantwortet zu haben, und bitte den Leser um Nachsicht für etwaige Versäumnisse meinerseits.

Mein Dank gilt nicht allein dem Freud-Archiv, sondern auch der Familie Maurice Koechlins, die mich auf Koechlins *Tagebuch* hingewiesen und mir gestattet hat, in den Fußnoten zu »Der Turm zu Babel« einige Passagen daraus abzudrucken.

Und schließlich möchte ich nicht versäumen, dankbar darauf hinzuweisen, daß Bernadette Schilder mich bei der Vorbereitung des *Manuskripts* zum Druck mit Einsicht und Klugheit unterstützt hat und daß ohne sie die ganze Geschichte nie ans Licht gekommen wäre. Aus Gründen, die der Leser noch erfahren wird, hat Freud dieses Werk ihrer Mutter gewidmet. Ich möchte meinen eigenen, unendlich bescheideneren Beitrag Bernadette Schilder widmen.

Vorwort

Von Bernadette Schilder

Sigmund Freud ist mein Großvater. Die anderen Mitglieder der Familie Freud habe ich nie kennengelernt, und auch ihnen ist von meiner Person gewiß ebensowenig bekannt wie den Forschern und Psychoanalytikern, die in den letzten Jahren nicht davor zurückgeschreckt sind, Spekulationen über Freuds Privatleben anzustellen. Meine Mutter, Emma, war die Tochter von Adelaide Benesch, einer langjährigen Geliebten Freuds.[1] Auch sie, die in seinem Leben eine so wichtige Rolle gespielt hat, ist der Familie Freud und der Wissenschaft unbekannt. Adelaide war sechzehn, als sie Freud im Jahre 1916 im Zug von Wien nach Berlin kennenlernte, und das letzte Mal begegnete sie ihm ein Jahr vor seinem Tod.

Meine Kindheit habe ich in London verbracht, wo meine Mutter als Dolmetscherin lebte. Großmutter erzählte mir etwa ein Jahr vor ihrem Tod von einem Manuskript Sigmund Freuds, das im Besitz unserer Familie sei und eines Tages einmal sehr wertvoll sein würde. Es war das

1 Von einer Geliebten Sigmund Freuds ist in keiner der offiziellen oder inoffiziellen Biographien die Rede. Der Name Adelaide Benesch ist in der bisher bekannten Korrespondenz Freuds nicht zu finden, und die auf Frau Benesch bezüglichen Dokumente im Berliner Rathaus wurden gegen Ende des Zweiten Weltkriegs bei der Bombardierung Berlins vernichtet.

erste Mal, daß sie den Namen Freud erwähnte. Einige Tage darauf – ich weiß noch, daß ich gerade *Gullivers Reisen* las – wies Großmutter mich auf einen Traum hin, den Freud in seinem Buch über Träume analysiert hatte; der Traum handelte davon, daß er einen Toilettensitz säuberte, indem er darauf urinierte, und er verglich dies mit der Szene in *Gullivers Reisen*, in der Gulliver das große Feuer in Lilliput mit seinem Urinstrahl löscht. Es war mir sehr peinlich, daß sie mir das vorlas, aber Großmutter schien sich nicht daran zu stören. Ich fand den Traum ganz widerwärtig und sagte dies auch meiner Großmutter. Sie lachte über mich und erklärte dann, ja, er sei in der Tat ein ganz widerwärtiger Mensch gewesen, aber ohne ihn wäre ich jetzt gar nicht da. Eines Tages, sagte sie, würde ich das alles besser verstehen, aber ich sollte wissen, daß er mein Großvater sei. Ich war schockiert, daß ein Mann, der auf Toilettensitze urinierte, um sie zu »säubern«, mein Großvater gewesen sein sollte. Ich schämte mich.

Keiner von Freuds Vertrauten wußte von meiner Großmutter. Und so erfuhr natürlich auch keiner von ihnen von der Geburt meiner Mutter, Emma Benesch-Schilder, die am 19. Juni 1923 als Emma Benesch das Licht der Welt erblickte.[2] Meine Großmutter nannte sie Freuds Es, da Freud in diesem Jahr sein Buch *Das Ich und das Es* veröffentlicht hatte. Mutter war ein »furchtbarer Unfall«, ihre

2 Mein Vater, Stefan Schilder, kam ein Jahr nach meiner Geburt bei einem Autounfall ums Leben. Meine Mutter nahm wieder ihren Mädchennamen an, Benesch, nannte sich aber gelegentlich auch noch Benesch-Schilder. Glücklicherweise wurde sie im Londoner Telefonbuch als »Benesch, Emma« geführt, denn sonst wäre Probst, wie der Leser bald erfahren wird, ihr nie auf die Spur gekommen.

Geburt der »schwärzeste Tag« in Freuds Leben.[3] Er versuchte meine Großmutter (Adelaide) zu zwingen, einen seiner Mitarbeiter zu heiraten, doch sie wies dieses Ansinnen von sich und versicherte ihm, er habe nichts von ihr zu befürchten. Freud aber konnte Unbotmäßigkeit von Angehörigen, Freunden oder Geliebten nicht hinnehmen und rächte sich, indem er sich nach der Geburt meiner Mutter noch jahrelang weigerte, meine Großmutter zu sehen.

Mutter war fünf Jahre alt, als Freud sie zum ersten Mal sah; dies geschah in Paris, wo meine Großmutter in einer deutschen Buchhandlung arbeitete. Sie wohnten im Hotel Brésil.[4] Dort hatte Freud auch gewohnt, als er in Paris studierte, ein Jahr vor seiner Eheschließung.

3 Ernest Jones erklärt, 1923 sei das deprimierendste Jahr in Freuds Leben gewesen. Anlaß für diese Depression sei der Verlust seines vierjährigen Enkels in der Mitte dieses Jahres gewesen. »Freud war geradezu vernarrt in den Jungen, den er als das intelligenteste Kind bezeichnete, das ihm jemals vorgekommen sei ... Der Junge starb am 19. Juni im Alter von viereinhalb Jahren an Miliartuberkulose. Es war das einzige Mal in seinem Leben, daß man Freud hat Tränen vergießen sehen ... Im Monat darauf schrieb er, er leide an der ersten Depression seines Lebens, und es gibt wohl keinen Zweifel, daß jener Verlust, so kurz nach den ersten Hinweisen auf seine eigene tödliche Erkrankung, der Auslöser gewesen ist.« (Ernest Jones: *The Life and Work of Sigmund Freud*, Bd. 2, New York 1955, S. 96 f.)

Die wahren Gründe für Freuds Depression werden wir natürlich nie erfahren, aber der 19. Juni war für Freud auch deshalb bedeutsam, weil dies der Geburtstag seiner Tochter Emma war. Jedenfalls scheint es einleuchtend, daß seine Depression, wie Bernadette Schilder andeutet, (zumindest teilweise) durch die Geburt seiner unehelichen Tochter »ausgelöst« wurde. In der eben zitierten Passage schreibt Jones weiter, Freud habe gesagt, sein Enkel habe »für ihn die Stelle aller Kinder und Enkel vertreten«. Vielleicht finden sich im Freud-Archiv Briefe, die etwas mehr Licht in diese Geschichte bringen können.

4 Nur die wenigsten Aufzeichnungen des Hotels aus dieser Zeit existieren noch. Der Name »Benesch« fand sich jedoch auf einem vergessenen Gepäckstück im Lagerraum des Hotels. In den Innentaschen dieses Koffers entdeckte man drei Umschlagecken mit Briefmarken, die am 7. Mai 1928, 23. Oktober 1929 und (??) Juni 1936 in Wien gestempelt worden waren.

Als Freud meine Mutter sah, war er von ihrer Schönheit so überwältigt, daß er sein Bedauern darüber ausdrückte, nicht schon früher nach Paris gekommen zu sein. Er beschwor meine Großmutter, nach Wien zurückzugehen, damit er seine Tochter häufiger sehen könne. Er sagte Großmutter, sie und meine Mutter seien die einzigen Lichtpunkte in seinem Leben. Aber Großmutter wollte nicht aus Paris fort, und Freud beschuldigte sie in seiner Wut und Eifersucht, Affären mit seinen »nichtsnutzigen« ehemaligen Schülern zu haben.

Großmutter sagte, er sei immer ein äußerst eifersüchtiger und tyrannischer Mensch gewesen, den seine Eltern, seine Frau, seine Kinder und jene »nichtsnutzigen« Schüler so sehr verdorben hätten, daß er nie auf die Idee gekommen sei, jemand könnte ihm einmal einen Wunsch abschlagen. Als er aus Paris abreiste, erzählte sie, habe er geweint wie ein kleines Kind. »Ich weiß nicht, ob er bei allen seinen Geliebten so geweint hat – oder ob er überhaupt irgendwelche anderen Geliebten hatte –, aber wenn wir voneinander Abschied nahmen, habe ich ihn jedesmal in Tränen ausbrechen sehen. Bevor deine Mutter geboren wurde, habe ich diese Schmerzensausbrüche für echt gehalten, aber an dem Tag, als ich ihm sagte, ich ginge mit deiner Mutter schwanger, gab es keine Tränen! Und als ich seinen Befehlen nicht Folge leistete, verfluchte er den Tag, an dem er mich kennengelernt hatte.«

An seinen Gefühlen für meine Mutter muß aber doch etwas Echtes gewesen sein, denn nachdem er sie in Paris gesehen hatte, richtete er es so ein, daß er sie und meine Großmutter alle drei oder vier Monate in der Schweiz traf.

Das letzte Mal hat Großmutter Freud gesehen, als er im Juni 1938 durch Paris kam. Er hatte darauf bestanden, sie und meine Mutter zu sehen, die jetzt fünfzehn Jahre alt war.

Im Jahr zuvor hatte Mutter Freud in der Schweiz getroffen, und als er nun in Paris das Hotelzimmer betrat, sah sie mit Schrecken, wie alt und gebrechlich er geworden war. Er hatte ein Päckchen dabei, das er vorsichtig auf den Tisch in der Mitte des Zimmers legte.

Großmutter sagte, Mutter sei nun schon eine »junge Dame« gewesen, und als Freud ins Zimmer kam, habe ihre Schönheit ihm die Sprache verschlagen; Mutter jedoch erzählte mir, sie habe niemals besondere Zuneigung zu Freud empfunden. Sie sagte, er habe sich stets bemüht, ihr gefällig zu sein, aber ihr sei immer unbehaglich gewesen, weil er sie so merkwürdig angesehen habe. Sie erinnerte sich, daß er einmal zu ihr gesagt hatte, sie sehe genau wie ihre Mutter aus, als er sie im Zug nach Berlin kennengelernt habe. Mutter reagierte gereizt auf diese sentimentale Bemerkung.

Freud sagte, er habe ein Geschenk für sie, öffnete das Päckchen und entnahm ihm einen Packen Papier, auf dem seine große Handschrift zu sehen war. Mutter war sehr enttäuscht, was Freud natürlich nicht entging. Und als er ihr sagte, sie könne die Papiere in wenigen Jahren drucken lassen und bei der Gelegenheit auch der Öffentlichkeit mitteilen, daß er, Sigmund Freud, ihr Vater sei, empfand sie einen heftigen Widerwillen gegen den alten Herrn.

Auch Großmutter hatte sich über Freuds Anmaßung aufgeregt. Sie sagte, ihre gleichgültige Reaktion auf sein

»Geschenk« habe Freud überrascht, und beim Abschied sei er kurz davor gewesen, das Päckchen wieder an sich zu nehmen, da sie es ja offenbar gar nicht haben wollten. Großmutter aber sagte, er solle es liegen lassen, man überreiche nicht Geschenke und nehme sie dann wieder mit. Darauf ließ Freud das Päckchen liegen und sagte zu meiner Mutter, er bedaure nur, daß er sie nicht mehr als erwachsene Frau erleben werde. Und dann, eine Hand auf dem Päckchen, fügte er zur Bestürzung Mutters und Großmutters hinzu: »Das hier wird eure Zukunft sichern. Ich habe es euch gewidmet.« Nachdem er gegangen war, saß meine Großmutter vor dem Päckchen und starrte es kopfschüttelnd an.

Einige Wochen danach beschloß meine Großmutter, das Manuskript an Freud in Wien zurückzuschicken. Das war kurz nach dem Anschluß.

Vor einigen Jahren bekam meine Mutter einen Anruf von einem jungen Mann, der sich als Heinrich Probst vorstellte und ihr sagte, er habe ein Manuskript, von dem er annehme, daß es ihr gewidmet sei.[5] Allem Anschein nach war das Manuskript, als Großmutter es nach Wien zurückgeschickt hatte, von der Gestapo beschlagnahmt worden. Der verantwortliche Offizier war ein Schüler Wagner-Jaureggs, der mit Freud befreundet gewesen war und sich später von ihm abgewandt hatte. Der Offizier behielt das Manuskript,

5 Heinrich Probst lebt in Jena. Sein Onkel, Georg Probst, hatte 1933 bei Wagner studiert und erzählte dem jungen Probst, Wagner habe für Freud nichts als Verachtung empfunden. Georg Probst teilte Wagners Ansichten.

vergaß die Sache dann aber und kam erst mehrere Jahre nach Kriegsende darauf zurück.

Auf dem Sterbebett übergab er es seinem Neffen Heinrich und erklärte ihm, es handele sich um ein Werk Sigmund Freuds, das er während des Krieges beschlagnahmt habe.[6] Es befand sich immer noch in dem Umschlag, in dem Großmutter es aus Paris zurückgeschickt hatte.

Nach dem Tod seines Onkels ging Probst mit dem Manuskript zu einem bekannten deutschen Verleger. Ohne sich über die Herkunft auszulassen, teilte er ihm mit, es stamme höchstwahrscheinlich von Sigmund Freud. Nicht einmal die größten Freud-Experten hätten von der Existenz des Manuskripts wissen können. Der Verleger ließ sich aber nicht überzeugen und sagte Probst, daß er das Manuskript nicht für authentisch halte. Die Handschrift sei eindeutig nicht die von Freud, der Inhalt stehe dem Freudschen Denken überaus fern, und im übrigen wüßte er nicht, warum es auch nur als anonymes Werk von irgendeinem Interesse sein sollte.[7]

Probst überlegte schon, ob er sich an das Freud-Archiv wenden sollte, als er unter den Papieren seines Onkels den Brief meiner Großmutter an Freud entdeckte, den sein Onkel offenbar aus dem Umschlag entfernt hatte:

6 Georg Probst erzählte seinem Neffen, bei dem *Manuskript* handele es sich um antideutsche Propaganda, und eine Veröffentlichung würde Freuds Ruf schweren Schaden zufügen.

7 Probst sagte, der deutsche Verleger, dessen Namen er nicht nennen wollte, habe eine Wiederholung des Fiaskos mit den Hitler-Tagebüchern befürchtet.

Mein Lieber,

gewiß hast Du gedacht, ich würde, kaum daß du fort bist, Dein »Geschenk« verschlingen, nun aber schicke ich es Dir ungelesen zurück. Es tut mir leid, falls Du ungeduldig auf einen Brief oder gar ein Telegramm von mir warten solltest, in dem ich Dir sage, daß ich vom Inhalt dessen, was Du für Dein abschließendes Werk zu halten scheinst, dermaßen überwältigt sei, daß ich Dir gar nicht schnell genug sagen könne, wie sehr ich Dich bewundere, und mehr noch, wie sehr ich Dich trotz allem liebe und verehre.

Ich habe keinen Blick darauf geworfen. Ich weiß nicht, ob Du eine Erklärung dafür hast, aber versuche nicht, Dir einzureden, ich hätte das Manuskript gelesen und wolle Dir nur nichts dazu sagen, weil der Inhalt mich so überwältigt habe. Ich weiß, Du bist durchaus imstande, Dir das einzubilden. Ja, es wird Dir sehr schwerfallen – es sei denn, Du hast Dich im Alter radikal geändert –, die Vorstellung zu akzeptieren, daß ich Dir das Ganze einfach ungelesen zurückschicke.

Ich kenne Dich, und ich bin mir sicher, daß Du bereits angefangen hast, Dir einzureden, daß nur meine grenzenlose Eifersucht, meine große Liebe zu Dir etc. etc. mich dazu getrieben hat, diese kleine Farce aufzuführen. Komisch, aber es ist mir sogar gleichgültig, ob Du Deinen Hirngespinsten glauben möchtest oder nicht.

Du hast gesagt, dies sei ein »Geschenk« für meine Tochter. Nun, dann mach es dazu. Veröffentliche es jetzt, damit weder an Deiner Autorschaft noch an der Tatsache, daß sie Deine Tochter ist, ein Zweifel aufkommen kann. Oder bist

Du zu feige, Du Mann von internationalem Ruhm und Ansehen, bist Du zu feige, Dich zu Deinen Taten zu bekennen, da Du doch anderen hilfst, sich zu den ihren zu bekennen?
Deine Adelaide

Großmutter hat bestimmt nicht gewußt, daß Freud ihren Brief nie erhalten hat. Sie muß bis zu ihrem Tod geglaubt haben, sie habe Freud gezwungen, endlich Farbe zu bekennen. Und vielleicht wäre es auch dazu gekommen, wenn Freud ihren Brief erhalten hätte. Wir wissen freilich, daß er nie erfahren hat, daß Großmutter ihm das Manuskript zurückgeschickt hatte.

Ausgestattet mit diesem neuen Material, suchte Probst mit dem Manuskript mehrere international bekannte Freud-Experten auf. Alle waren sich einig, daß das Manuskript nicht von Freud stamme und daß es skandalös wäre, es drucken zu lassen. Als er die Experten fragte, ob sie sich vorstellen könnten, warum das Manuskript – selbst wenn es eine Fälschung wäre – einer Person – meiner Mutter – gewidmet sei, deren Name der Freud-Forschung unbekannt sei, erhielt er zur Antwort, auf diese Weise wolle der Fälscher oder die Fälscherin sich selbst mit ins Spiel bringen.

Nun faßte Probst den Entschluß, meine Mutter ausfindig zu machen. Sie und Großmutter waren kurz vor dem Krieg nach London gezogen. Etwa anderthalb Jahre vor Großmutters Tod tauchte Probst mit dem Manuskript bei uns auf. Als Großmutter gestorben war, weigerte sich Mutter, das Manuskript zur Veröffentlichung freizugeben.

Ich nehme an, daß meine Mutter es nach dem Erscheinen eines dieser Bücher über Freuds Privatleben schließlich doch noch gelesen hat. Großmutter hat nie viel von ihren Gefühlen für Freud gesprochen, aber ich wußte, daß meine Mutter, die damals viel zu jung gewesen war, um ihn richtig kennenzulernen, ihre letzte Begegnung mit ihm nie vergessen hatte und einen tiefen Groll gegen ihn hegte. Außerdem ärgerte sie sich über vieles, was über ihn geschrieben wurde. Sie erzählte mir, es sei ihr gleichgültig, was ich mit dem Manuskript anfangen wolle. Die Geschichte von Freuds Leben und Werk werde seit seinem Tod so verzerrt dargestellt, daß die Veröffentlichung des Manuskripts daran wohl nicht mehr viel ändern könne. Wenn es nach ihr ginge, brauchte ich das Werk niemals zu veröffentlichen. Sie sagte, ich solle es nur dann einem Verlag überlassen, wenn ich an der Veröffentlichung etwas verdienen könnte. Und sie warnte mich, es gebe so viele »Experten« für Freud und sein Werk (von denen ihrer Meinung nach keiner etwas von Belang zu sagen habe), daß ich wahrscheinlich ebenso wie Probst zu hören bekommen würde, das Manuskript sei nicht authentisch. Und natürlich würde mir niemand glauben, wie es in meine Hände geraten sei. Freud hatte darauf bestanden, daß Großmutter ihm alle seine Briefe an sie zurückgab, und folglich existiert nun kein einziger Beweis mehr dafür, daß Großmutter über so viele Jahre hin Freuds Geliebte gewesen ist.

Wahrscheinlich wollte er nicht, daß das Manuskript zu Lebzeiten meiner Mutter veröffentlicht wird, denn vermutlich wußte er, daß sie Schwierigkeiten haben würde, irgend jemanden von der Echtheit des Textes zu überzeugen. Freuds Denken wird hier einer so tiefgreifenden Revision unterzogen, falls man überhaupt von Revision sprechen kann, daß ich mich frage, ob er es nicht zu einer Zeit veröffentlicht sehen wollte, in der sein Werk in den Augen der Öffentlichkeit bereits Abnutzungserscheinungen zeigte, so daß nur ein Skandal und eine vollkommen neue Theorie das Interesse an ihm würde wiederbeleben können. Wahrscheinlich hatte er gehofft, der Überbringer dieser neuen Theorie wäre ein ersehntes Enkelkind. Denn das Manuskript bietet mehr als eine neue Theorie; darin enthalten ist auch die Geschichte von Freuds langjähriger Affäre mit meiner Großmutter. Selbstverständlich wird sie nicht direkt erwähnt. Doch es handelt sich um das Werk eines Mannes, dessen Name ein ganzes Jahrhundert geprägt hat, eines Mannes, dem es seinem eigenen Eingeständnis nach aber dennoch gelungen ist, ein dunkles Geheimnis vor den Augen der Öffentlichkeit zu verbergen. In gewissem Sinne gratuliert sich Freud mit diesem Manuskript selbst. Es ist zweierlei zugleich: eine private Geschichte und, so glaube ich, eine höchst gehaltvolle Ergänzung des bedeutsamsten psychologischen Werks des Jahrhunderts. Es handelt von unserer dunkleren Seite, und es sagt mit Sicherheit etwas über die dunklere Seite des Lebens eines berühmten Mannes. Freuds letzter Witz war seine Hoffnung, daß die Echtheit seines Werks – der vielleicht authentischsten schriftlichen Äußerung seines Lebens – für alle Zeiten in Zweifel stehen würde. So wie Gulliver auf das Feuer in Lilliput gepißt hat, pißt Freud für alle Zeiten auf die kleinlichen Fehden künftiger Generationen.

Ich erzähle diese Geschichte nicht in der Hoffnung, daß Experten, Wissenschaftler oder auch nur das allgemeine Lesepublikum sie glauben möge. Ich wage auch nicht zu hoffen, hiermit in Sachen Freud endlich für Klarheit zu sorgen. Die heute lebenden Experten haben Freud ebensowenig gekannt wie ich. Auch wenn ich, wie meine Großmutter gesagt hat, ohne ihn jetzt gar nicht da wäre, kann ich ihm dafür nicht sonderlich dankbar sein. Meine Mutter war ein Unfall, den er lieber vermieden haben würde, aber nachdem der Unfall einmal passiert war, hat er auf seine listige Art beschlossen, ihn zu seinem Vorteil zu wenden. So überließ er Mutter und Großmutter das Manuskript als Andenken; sie gaben es wiederum mir in dem Bewußtsein, daß die »Großzügigkeit« des großen Mannes nur eine kalkulierte Geste war, und in der Hoffnung, daß ich vielleicht doch davon profitieren könnte. Wie eine Sklavin der Inzestvorschriften, die das Stammesverhalten beherrschen, mit dem mein Großvater sich so intensiv beschäftigt hat, habe ich Freud und seine Familie immer gemieden, und ich vermute, das haben auch andere seiner Nachkommen getan, die offenbar einen »legitimen« Anspruch auf seinen Namen haben.

Gleichwohl hat mich Freuds Manuskript fasziniert, und zwar nicht so sehr, weil ich daraus etwas über Freud erfahren hätte, sondern weil ich daraus etwas über mich, meine Freunde und meine Bekannten erfahren habe. Auch in mir steckt etwas von dem alten Teufel. Ich weiß nicht, ob es durch die Gene in mich geraten ist oder ob die Umstände mir diese Natur aufgezwungen haben.

Nachdem ich das Manuskript gelesen hatte, übersetzte

ich einige Passagen, schickte sie an einen renommierten amerikanischen Verlag und schrieb dazu, es handele sich um ein unbekanntes Werk von Freud; falls man es drucken wolle, sei ich bereit, eine ausführliche Erklärung über seine Herkunft abzugeben. Damit man im Verlag die Handschrift auf Echtheit überprüfen konnte, legte ich Kopien einiger Seiten des Originaltextes sowie von Manuskriptseiten aus einigen von Freuds bekannteren Werken bei.

Ich hatte die Übersetzung in freien Stunden angefertigt und fühlte mich nicht sonderlich gedrängt, die Arbeit abzuschließen. Ich war mir nicht sicher, ob ich mich überhaupt damit abgeben sollte, aber meine Neugier war stärker. Ich wollte unbedingt wissen, wie die »Experten« – ohne zu wissen, wie es in meinen Besitz gelangt war – auf das Manuskript reagieren würden.

Nach einem Monat teilte mir der Verlag schriftlich mit, das Manuskript sei eine Fälschung, die Handschrift sei »der in Freuds bekannten Werken so ähnlich, daß sie eindeutig nachgeahmt ist. Unsere graphologischen Experten weisen darauf hin, daß niemand immer exakt dieselbe Handschrift hat. In diesem Fall ist die Nachahmung zu gut, um authentisch sein zu können.«

Die »Experten« hatten auch festgestellt, daß Freud »niemals irgendeine der Ideen formuliert haben würde, wie sie auf den uns von Ihnen übermittelten Seiten zu finden sind. Das entspricht einfach nicht dem Freud, den wir kennen. Und es ist ausgeschlossen, daß die Vorstellungen eines Menschen sich derart radikal wandeln können. Megalomanie ist ein Thema, das Freud nie interessiert hat, und zwar aus gutem Grund, wie unsere Experten erklären. Wie einer unserer Gutachter bemerkt: ›Megalomanie bringt absolut kein Licht in die fundamentalen Fragen der menschlichen Psyche.‹«

Beinahe hätte ich mein Projekt ad acta gelegt.

Eines Tages fand ich zufällig und unter Umständen, die ich hier nicht zu erläutern brauche, den Namen eines dieser »Experten« des Verlages heraus – genaugenommen vermute ich, es hat überhaupt nur diesen einen gegeben. Mit der Zeit sollte ich erfahren, daß er zwar Freuds Ego, aber nicht Freuds Verstand besitzt. Er kennt kein anderes Streben als das, sich einen noch größeren Namen zu machen als Freud. Aber das habe ich damals noch nicht gewußt. Und so faßte ich den Entschluß, das gesamte Manuskript zu übersetzen und die legitimeren Mitglieder meiner Familie zu bitten, mir bei der Publikation zu helfen.

Als ich die vollständige Übersetzung schließlich an Verlage schickte, erlebte ich eine angenehme Überraschung. Ich weiß nicht, ob die »Experten« ihre Meinung geändert haben oder ob heutzutage irgend etwas Neues in der Luft liegt. Meine Großmutter hätte bestimmt gesagt, Freud habe den plötzlichen Wandel meines Glücks im voraus mit einkalkuliert. Und vielleicht hätte sie damit recht gehabt.

Während ich aber das Manuskript zur Veröffentlichung vorbereitete, kamen mir Bedenken: Ich zweifelte zwar nicht an seiner Echtheit, obwohl ich mich manchmal fragte, ob mein Exemplar – das Großmutter nie gelesen hatte – nicht doch vielleicht von der Gestapo verfälscht, verändert oder sonstwie bearbeitet worden sein könnte. Und ich sorgte mich auch nicht um die Reaktion der Freud-Forscher und Psychoanalytiker, die, soviel war mir klar, große Schwierigkeiten haben würden, ein Werk zu akzeptieren, das ihre Autorität unvermeidlich untergraben würde – eine Aussicht, die mir ebenso gefiel, wie sie wohl auch meinem Großvater gefallen hätte.

Was mich jedoch bedenklich stimmte, war die Vorstellung, daß das Thema inzwischen irrelevant geworden sein könnte, der Gedanke, daß meine Mutter oder auch meine Großmutter die Gelegenheit verpaßt hatten und daß es jetzt zu spät dafür war. Freuds Glanzzeiten waren vorbei, und es war ausgeschlossen, daß ein unbekanntes Manuskript sie wieder aufleben lassen könnte. Die Wissenschaft war nicht stehengeblieben. Was ich da veröffentlichen wollte, war bestenfalls eine Kuriosität. Und auch ich selbst würde als Kuriosität dastehen. Das Geheimnis, das ich all diese Jahre mit mir herumgetragen hatte, würde sich als Trivialität entpuppen, und alsdann würde mein Anspruch auf den Familiennamen erst recht abgetan und ignoriert werden.

Freud hatte also eine Geliebte. Das hatte die Forschung schon seit langem behauptet, und jeder aufmerksame Freud-Leser konnte die Hinweise deuten, die er selbst hinterlassen hatte. Ich hatte keinen Beweis für die Echtheit des Manuskripts außer dem Manuskript selbst, und mir war klar, daß man es als Fälschung bezeichnen würde.

Wenn es aber wirklich trivial war, wenn es veraltet war, spielte die Frage der Echtheit keine große Rolle. Vielleicht ist dies der tiefere Grund, warum ich nie von mir selbst habe reden wollen. Ich habe den Spott der Mitwelt gefürchtet, ich habe gefürchtet, einen Beweis dafür zu finden, daß mein ganzes Leben auf eine Illusion gebaut ist. Ich habe mir immer gewünscht, es möchte sich irgendein Beweis finden, der meine Zweifel beseitigte, und ich habe mich gefragt, wo nach einem solchen Beweis gesucht werden könnte.[8]

8 Bei der ersten Lektüre dieses bewegenden Berichts mußte ich an die Debatte jenes Abends denken, bei der Freuds Kritiker so viel über den betrügerischen Freud zu sagen hatten. Dies war der wahre Betrug, von dem freilich keiner der Diskutanten etwas ahnte. Nur daß sich die Sache ein wenig anders verhielt. Die Debatte war inhaltsleer und sinnlos, als suchten die Teilnehmer nur nach einem Skandal, der ihren Standpunkt untermauern könnte. Es war offensichtlich, daß Bernadette derartige Lästereien weit von sich gewiesen hätte. Sie war stolz auf ihre Geschichte, stolz auf ihren Großvater. Ihre Ressentiments waren privater Natur, wie die Ressentiments, die wir alle hegen und die nur für uns und für uns allein eine Bedeutung haben. Betrug war ihre Sache nicht.

Megalomanie

Für Emma Benesch (Freud),[1]
7. Januar 1938

1. Ein offenkundiges Versäumnis

Vor nicht sehr langer Zeit schrieb ich: Einem Volkstum den Mann abzusprechen, den es als den größten unter seinen Söhnen rühmt, ist nichts, was man gern oder leichthin unternehmen wird, zumal wenn man selbst diesem Volk angehört.[2] Kaum hatte ich diesen Satz beendet, war ich plötzlich wie gelähmt und konnte nicht weiterschreiben.

Ich hatte ein Buch über die Ursprünge des jüdischen Volkes und die in der gesamten Geschichte nachweisbaren tiefsitzenden Ressentiments ihm gegenüber schreiben wollen. Obwohl ich weder Historiker noch Künstler bin, hatte ich mir vorgenommen, einen historischen Roman zu schreiben, denn dies erschien mir als der beste Weg, eine Antwort auf die Frage zu finden, die mich schon so lange beschäftigte, nämlich wie es möglich war, daß ein einzelner

1 Emma Benesch heiratete Stefan Schilder 1954 im englischen Blackpool. Am 19. Juni 1956, ein Jahr nach der Geburt von Bernadette Schilder, kam Stefan Schilder in London bei einem Autounfall auf der Fulham Road ums Leben.

2 Dies ist der erste Satz von *Der Mann Moses und die monotheistische Religion*. Daß Freud diesen Satz aus dem Moses-Buch hier wiederholt, weist womöglich darauf hin, daß seine intensive Beschäftigung mit dem Mythos Moses auf dem Wunsch basiert, alle Helden zu entlarven. Für weitere Einzelheiten zu Freuds Beschäftigung mit Moses siehe Fußnote 1 auf S. 125.

Mann aus einer Ansammlung von Individuen, denen wenig aneinander lag und die keinerlei Wunsch nach irgendeinem dauerhaften Zusammenschluß verspürten, de facto ein »Volk« formen konnte. Mehr noch, Moses hat diese ungleichen Individuen und Familien nicht nur tatsächlich vereinigt, sondern ihnen auch einen Charakter aufgeprägt, den sie über Tausende von Jahren bewahrt haben.

Erst als ich mein Buch *Der Mann Moses* abgeschlossen hatte, erkannte ich, daß das, was mich in dem Vierteljahrhundert davor in Wahrheit beschäftigt hatte, die Psychologie des Menschen Moses und nicht die seiner Anhänger gewesen war. Ich hatte eine Theorie ersonnen, von der ich glaubte, daß sie auf Letzteres eine Antwort habe, während das Erstere, das letzten Endes weitaus wichtigere und aufschlußreichere Problem, mir immer noch ein Rätsel war – die Psychologie der Menschen, die als Autoritäten akzeptiert werden.

Die Psychoanalyse hat uns gelehrt, daß ein solch offenkundiges Versäumnis mit Sicherheit nicht zufällig ist, und natürlich verdroß es mich, als ich erkannte, daß ich gerade der Frage ausgewichen war, die mich am meisten beschäftigte, nämlich der nach den Fundamenten meines Lebenswerks, der Psychoanalyse, eben des Werkzeugs, das mir mit einem Mal die Unangemessenheit meiner Untersuchungen offenbarte und jetzt, da mein Leben zu Ende ging, vor meinen Augen zu Staub zerfiel.

Ich hatte immer gewußt, daß das Schicksal jeden wissenschaftlichen Strebens der Orkus des Vergessens ist und daß der glückliche Wissenschaftler weit vor der Zeit stirbt, da in seinem Bauwerk die ersten Risse erscheinen. Doch nachdem ich den größten Teil meines Lebens Spott und Verachtung von Menschen habe hinnehmen müssen, die mir intellektuell unterlegen waren, schien es mir ein grausames Schicksal, meine Tage in dem Bewußtsein zu beenden, daß die Geschichte meine Feinde rühmen und meine Bücher auf den Kehrichthaufen vergangener Dummheiten werfen würde.

Fortschritt hängt von der Fähigkeit künftiger Generationen ab, über die Vergangenheit hinwegzugehen. Flugzeuge wurden nicht gebaut, weil die Menschen Loblieder auf Ikarus und seine wächsernen Flügel sangen.

Andererseits wäre es ein Fehler, anzunehmen, die Erkenntnis der Unzulänglichkeit der eigenen Arbeit sei gleichbedeutend mit der, daß diese Arbeit überhaupt keinen Sinn habe. Gerade aus unseren Fehlern erfahren wir oftmals nicht nur Wahrheiten über uns selbst, sondern auch manches über das Wesen der gesellschaftlichen und kulturellen Zwänge, die uns, wie ich in meinem früheren Buch *Das Unbehagen in der Kultur* dargelegt habe, zu einer Verzweiflung getrieben haben, aus welcher einige der größten Leistungen der Menschheit hervorgegangen sind.

Ich nehme solche Größe nicht für mich in Anspruch, muß aber gestehen, daß ich jetzt, da meine Tage gezählt sind und ich einige der Werke wiederlese, die ich einst für meine wichtigsten Beiträge zu unserem Verständnis der menschlichen Psyche gehalten habe, von einem ständigen Gefühl der Erwartung beherrscht werde, dem Gefühl, kurz vor irgendeiner Einsicht zu stehen, die künftige Leser ebenso in Erstaunen versetzen wird, wie sie auch mich noch lange in Erstaunen versetzen könnte. Doch beim Weiterlesen scheint es mir, als habe ich meine Leser enttäuscht, und ich bekenne, daß ich selbst von mir enttäuscht bin; das jähe Gefühl der Erkenntnis ist einfach nicht da.

Ich habe die Religionen kritisiert, weil sie angesichts des Unbekannten ein falsches Gefühl von Sicherheit schaffen, indem sie infantiles Denken und Massenwahn fördern, und ich habe geschrieben, daß die Tiefe des religiösen Gefühls nur ganz verstanden werden kann, wenn wir seinen infantilen Ursprung erkennen: Die Gewißheit von der unüberwindlichen, alles umfassenden Macht eines Gottes – das Bedürfnis nach einem Satz unumstößlicher Regeln – entstammt der gleichen Bewunderung, Ehrfurcht und Dankbarkeit, die das Kind, konfrontiert mit einer regellosen Welt, dem Regeln aufstellenden Vater bezeigt. Ich habe religiöse Lehren als Versuche gesehen, kindliche Phantasien zu erfüllen. Und nun erkenne ich, mit einer Wucht, welche die Zeit um so unerträglicher macht, in meiner eigenen Arbeit nicht wenige ebenjener kindlichen Phantasien, die ich an der Religion so scharf kritisiert habe.[3]

Ich habe mich mit den Einzelheiten der Geschichten befaßt, die wir von uns selbst erzählen, und ich habe in diesen Geschichten die Täuschungen und Entstellungen gefunden, die, so habe ich argumentiert, oftmals widersprüchliche und inakzeptable Triebe verbergen, die wir nur mit unserer außerordentlichen Fähigkeit zur Selbsttäuschung meistern und beherrschen können. Ich habe

3 Freud denkt hier offenbar an den Ödipus-Komplex. Daß er ihn nicht beim Namen nennt, weist auf Abscheu vor der eigenen Erfindung hin.

Selbsttäuschung als eine universale Eigenschaft der Spezies erkannt, mir aber nie die Frage gestellt, ob Selbsttäuschung nicht den Status eines primären Merkmals der menschlichen Psyche besitzt, ob sie nicht womöglich das Fundament ist, auf dem alles andere ruht, einschließlich der Zivilisation.[4]

Ich habe die Psychoanalyse schließlich geschaffen, um einen Mangel an Selbsterkenntnis zu beherrschen, wenn nicht gar, wie ich gestehen muß, in dem naiven Glauben, diesen Mangel zu beseitigen. Betrachte ich nun aber die vielen Entdeckungen der Psychoanalyse, sehe ich, daß die Kräfte, welche die Psyche zusammenkitten, von einer Art sind, daß wir selbst nicht erkennen können und auch nicht zu wissen ertragen könnten, wie furchtbar unglücklich wir alle sind; und daher können wir gar nicht wissen, wie diese Kräfte uns ständig dazu treiben, uns selbst zu täuschen, wenn wir uns oder andere beobachten.

Im Zentrum dieser Selbsttäuschung stehen nicht, wie ich einmal geglaubt habe, unsere Bedürfnisse und unsere Triebe, konfrontiert mit unerträglichen familiären und gesellschaftlichen Zwängen, sondern die Mechanismen der Psyche. Psychologie existiert wegen dieser Mechanismen, und mit jeder Anstrengung, sie zu korrigieren, ihnen aus-

4 Vor der Niederschrift des *Manuskripts* hat Freud den Begriff »Selbsttäuschung« nie verwendet. Hier versäumt er, darauf hinzuweisen, daß es sich um eine radikale Wendung seines Denkens handelt. Vielleicht findet er die neue Betrachtungsweise so überzeugend, daß er dem Leser weismachen möchte, er, Freud, habe schon immer so gedacht. Freilich sollte der Leser sich bewußt sein, daß, wie ich bereits in meinem Vorwort erwähnt habe, Selbsttäuschung auch in vielen anderen Werken Freuds implizit ein Thema war. Diese Ansicht wird in Anna Freuds Gespräch mit John von Neumann weiter ausgeführt (vgl. den Anhang).

zuweichen oder sie zu überlisten, machen wir uns unweigerlich noch mehr zum Narren.[5] Wir haben es versucht, und die Selbsttäuschung hat dank besserer und subtilerer Ausflüchte den Sieg davongetragen.

Die Geschichte der menschlichen Psyche ist die Geschichte dieser Ausflüchte, deren Subtilität und Gemeinheit im Laufe der Zeit nur zugenommen haben. Die bemerkenswerten Fortschritte, die wir im Verständnis der stofflichen Welt gemacht haben, können sich mit dem Verständnis unserer selbst nur messen lassen, wenn der Kitt der Selbsttäuschung, der für die Aufrechterhaltung auch nur eines Minimums unseres seelischen Gleichgewichts schier unerläßlich ist, sich auf irgendeine Weise auflösen oder zertrümmern läßt und gewissermaßen unschädlich gemacht wird. Ich weiß nicht, ob wir jemals die Kraft haben werden, dies zu leisten. Sollte es uns gelingen, werden wir uns einer Psychologie zu stellen haben, die wenig mit unserem gegenwärtigen Ich zu tun haben wird. Ja, ich fürchte, daß wir, sollten wir den Kitt der Psyche zerstören können, damit auch die Psyche selbst mit allen ihren wesentlichen Merkmalen zerstören würden. Ich vermag nicht zu sagen, ob dies wünschenswert oder möglich ist.

Das Problem ist nicht, daß wir etwa nicht in der Lage wären zu erkennen, daß das, was wir über unsere Gedanken und Handlungen sagen, bestenfalls zusammenhanglos ist; denn hinterher *können* wir dies erkennen und erkennen

5 Dieser Gedanke ist vollkommen neu bei Freud. Er hatte immer gesagt, Psychologie existiere wegen des Ödipus-Komplexes. Und doch ist auch der Ödipus-Mythos letztlich eine Geschichte von Selbsttäuschung, zu welchem Schluß Freud in dem *Manuskript* offenbar auch selbst gekommen ist.

es auch wirklich. Sobald wir aber unsere Ausflüchte als solche erkannt haben, ergeben sich sogleich neuere Formen, die wir wiederum erst hinterher zu erkennen vermögen. Im jeweiligen Augenblick unseres Handelns selbst können wir uns gegenüber niemals ehrlich sein, niemals richtig verstehen, was wir in Wirklichkeit treiben. Nur im Rückblick können wir uns erklären, und diese rückwärtsgewandte Sicht ist schwerlich beruhigend, weil sie an unserem Verhalten in der Zukunft nur sehr wenig zu ändern vermag.

In der Tat streben wir auch gar nicht nach Ehrlichkeit uns selbst gegenüber, sondern nach der vagen Erkenntnis, daß wir, wenn wir wirklich keine Macht über uns haben, wenn wir unser Tun und Lassen nur im Rückblick verstehen können (und wenn dann auch dieser rückwärtsgewandte Blick wenig beruhigend ist, da er unvermeidlich von Irrtümern entstellt wird, die wir auszugleichen versuchen, um ein zusammenhängendes Bild von uns selbst zu gewinnen), kaum behaupten können, die Beweggründe und Handlungen unserer Mitmenschen zu verstehen.

Unser Versagen, die Mitmenschen zu verstehen, unsere Erkenntnis, daß jegliche Erklärung, die andere uns geben mögen, ebenfalls von genau jenen Mechanismen entstellt sein muß, auf die wir offenbar keinerlei Einfluß haben – das ist das wahrhaft Beunruhigende. Denn wenn wir uns auch ständig über unsere eigenen Motive und Handlungen täuschen, so wenden sich diese Täuschungen doch letztlich zu unserem Nutzen. Dabei wissen wir, daß wir das gleiche auch gegenüber Angehörigen, Freunden und Bekannten tun und daß diese sich folglich uns gegenüber ebenso verhalten.

Und demnach wissen wir, daß unserem Verständnis unserer Beziehungen zu anderen und unserer Fähigkeit, anderen zu vertrauen, Grenzen gesetzt sind, die wir nicht überschreiten können. Die Erkenntnis dieser Tatsache wird nicht deutlich formuliert, aber auf höchst beunruhigende Weise gefühlt und wahrgenommen. Auf sie geht letztlich unser Mißtrauen zurück, unser Argwohn gegen jeden, den wir kennen, ein Argwohn, den wir zu beherrschen lernen, indem wir ihn entweder ignorieren und somit die Täuschungen der anderen akzeptieren – sie kurzerhand ihrer Unehrlichkeit zuschreiben – oder zulassen, daß er zu einem alles umfassenden Mißtrauen wird, das unser ganzes Leben lähmen kann.

Solcherart Gelähmte bevölkern unsere Kliniken, wir nennen sie paranoid und trösten uns mit dem Gedanken, daß zwar manche Verfolgungsangst berechtigt sei, die ihre aber jedes vernünftige Maß überstiegen habe. Allerdings ist dieser Gedanke für uns eine Überlebensstrategie.

Argwohn in gemäßigter Form halten wir für tolerierbar und vernünftig und beruhigen uns damit selbst. Dabei sind diese »normale« Form des Argwohns und das, was wir einmal seine pathologische Form nennen wollen – Paranoia –, nicht die einzigen Formen, in denen sich Selbsttäuschung manifestieren kann.

Weitaus bedeutsamer ist, daß die gesamte Gesellschaft letztlich auf unserem gegenseitigen Mißtrauen beruht, auf unserem Bedürfnis nach Regeln und Vorschriften, die mit Gewalt durchgesetzt werden. Das Ergebnis dieses Mißtrauens ist unsere Kultur, sind die Regeln und Organisationsformen, die wir geschaffen haben, um uns der anderen zu vergewissern.[6] Nachdem ich den größten Teil meines Lebens damit verbracht habe, die kleinen Schwächen und Beeinträchtigungen zu enträtseln, die unser alltägliches Denken und Handeln bestimmen, beginne ich nun allmählich die psychischen Mechanismen zu verstehen, welche dieser Umwandlung von Mißtrauen in Kultur zugrunde liegen.

Tatsächlich hätten wir, wenn wir andere und uns selbst nicht täuschen könnten, keine Phantasie, keine Gedanken, keine Freuden, keine Schmerzen, keine Verteidigung gegen andere, kein Verlangen, andere kennenzulernen – keine Gesellschaft und, am allerwichtigsten, kein Existenzgefühl, kein Ichgefühl, mit der Folge, daß niemand uns jemals in unserer Gesamtheit besitzen oder kennen könnte. Selbsttäuschung ist der Urgrund der Gesellschaft, wird aber so umgewandelt – denn ohne dies wäre eine Gesellschaft, wie wir sie kennen, gar nicht möglich –, daß wir sie nicht mehr als solche erkennen. Immer wieder bricht die Fassade der Selbsttäuschung zusammen, und dann erleben wir Zeiten gesellschaftlicher und politischer Krisen und letztlich Kriege, deren Wurzeln wir nicht verstehen, weil ihre psychologischen Ursachen so sehr entstellt sind.

Gesetze sind die Antwort der Selbsttäuschung auf den

6 Obwohl dieser Gedanke vorher nie in Freuds Schriften aufgetaucht ist, steht er in gewisser Beziehung zu der folgenden Passage aus *Das Unbehagen in der Kultur* (Frankfurt am Main 1981, S. 126):

»Das Gebot ›Liebe deinen Nächsten wie dich selbst‹ ist die stärkste Abwehr der menschlichen Aggression … Das Gebot ist undurchführbar; eine so großartige Inflation der Liebe kann nur deren Wert herabsetzen … wer in der gegenwärtigen Kultur eine solche Vorschrift einhält, setzt sich nur in Nachteil gegen den, der sich über sie hinaussetzt.«

Verfolgungswahn. Und hinter den Gesetzen, hinter der Idee der Gesetze und unserer psychischen Fähigkeit, sie zu akzeptieren – auch wenn wir alle wissen, daß sie nicht funktionieren und nicht funktionieren können (warum hätten wir es sonst nötig, unsere Gesetze ständig neu zu formulieren?) –, steckt der Verfolgungswahn, dem wir alle unterliegen und den wir an uns selbst hinnehmen: Wir zerbrechen uns den Kopf darüber, ignorieren ihn und erkennen ihn bei uns selten als das, was er ist, während wir bei anderen notfalls mit dem Finger darauf weisen können. Die Selbsttäuschung unserer Freunde und Nachbarn vermögen wir mit einer Klarheit zu erkennen, die wir mit Blick auf uns selbst weit von uns weisen würden. Und wir wären auch nicht so tollkühn, andere der Blindheit zu zeihen. Wir deuten nur an, was wir denken und was wir von denen verstehen, die uns nahe sind. Wir sind klug genug, unsere tieferen Einsichten für uns zu behalten, falls es denn überhaupt Einsichten sind.

Wenn aber die Psyche solcher Ausflüchte fähig ist, wäre es irrig, anzunehmen, daß unsere Selbsttäuschung sich auf ein vages Gefühl von Mißtrauen und in eher pathologischen Fällen auf Paranoia beschränken müsse. Die Gesetze mögen letztlich das Produkt der Paranoia sein, aber kein Bürger, kein Gesetzgeber würde legitime Gesetze jemals als das Produkt einer paranoiden Geistesverfassung beschreiben. Gesetze sind Paranoia in verwandelter, verkleideter Gestalt, so daß wir sie nicht mehr als das erkennen können, was sie in Wahrheit sind.

(Tatsächlich sind Gesetze nur ein Symptom eines viel allgemeineren Problems – der enormen Komplexität unseres Verhältnisses zu uns selbst, zu anderen und zu unserer Umgebung. Unser Wissen wird immer beschränkt bleiben, wir werden niemals sagen können, warum wir uns in der Vergangenheit so oder so verhalten haben oder wie wir uns jetzt oder in Zukunft verhalten sollten. Wären wir *vollständig rational*, würden wir uns niemals für irgendeine Handlung entscheiden können.[7] Wir würden nie genug *wissen*. So aber rufen unsere Gefühle in uns die Illusion unserer Wünsche oder Begierden hervor. Unsere Gefühle bringen uns zum Handeln, indem sie uns betrügen.[8])

Wenn die Psychoanalyse mir überhaupt eine Lehre erteilt hat, dann ist es die Lehre der Selbsttäuschung. Je mehr ich versucht habe, mich von den ständigen Ablen-

7 Dies erklärt zumindest teilweise die Lähmung der Soldaten, die Freud auf S. 94–97 diskutiert.

8 Der Gedanke, daß Gefühle den Kern unserer Selbsttäuschung bilden, könnte als allgemeinere Formulierung von Freuds Behauptung verstanden werden, daß Liebe auf einer »Überschätzung« des Geliebten beruhe. So schrieb Freud 1905: »Das Zusammentreffen von Alleinschätzung und gläubigem Gehorsam gehört überhaupt zur Kennzeichnung des Liebens.« (*Psychische Behandlung (Seelenbehandlung)*, Studienausgabe, Ergänzungsband, S. 30.)

1920 schrieb er in *Massenpsychologie und Ich-Analyse* (Frankfurt am Main 1975, S. 51):

> »Im Rahmen dieser Verliebtheit ist uns von Anfang an das Phänomen der Sexualüberschätzung aufgefallen, die Tatsache, daß das geliebte Objekt eine gewisse Freiheit von der Kritik genießt, daß alle seine Eigenschaften höher eingeschätzt werden als die ungeliebter Personen oder als zu einer Zeit, da es nicht geliebt wurde. Bei einigermaßen wirksamer Verdrängung oder Zurücksetzung der sinnlichen Strebungen kommt die Täuschung zustande, daß das Objekt seiner seelischen Vorzüge wegen auch sinnlich geliebt wird, während umgekehrt erst das sinnliche Wohlgefallen ihm diese Vorzüge verliehen haben mag.«

Diese Betrachtungsweisen passen zu den bekannten klinischen Beobachtungen bei Stirnlappen-Syndromen mit ausgeprägter emotionaler Deprivation, bei denen ansonsten rational wirkende Patienten nicht in der Lage sind, Entscheidungen zu treffen.

kungsmanövern meiner Patienten zu distanzieren, desto mehr bin ich ihnen auf die eine oder andere unerwartete Weise auf den Leim gegangen.

Wie ich aber noch erklären werde, glaube ich inzwischen zu verstehen, warum die Psychoanalyse zum Scheitern verurteilt war. Die Gründe waren tiefer und von anderer Art, als ich angenommen hatte. Denn innerhalb der Grenzen der Analyse habe ich niemals irgendein theoretisches Argument zum Wesen von Selbsttäuschung und Paranoia vorbringen können. Ich mußte die Frage beiseite stellen, weil eine neue Wissenschaft nicht zu viele Fragen auf einmal angehen kann, und wir hatten, so glaubte ich, immerhin schon einen soliden Einblick in das Wesen von Neurosen gewonnen. Daß unsere Behandlungsmethoden nicht immer zum gewünschten Erfolg führten, glaubte ich mit dem Problem der Widerstände erklären zu können, die sich auf so viele unvorhersehbare Weisen manifestieren, daß unsere Unfähigkeit, sie zu durchbrechen, uns nicht zum Vorwurf gemacht werden konnte.

Aber ich habe immer gewußt, daß ich mich, falls mir die Zeit dazu bliebe, eines Tages mit den tieferen Fragen der Selbsttäuschung und letztlich der paranoiden Persönlichkeit würde beschäftigen müssen, Fragen, die ich im Interesse des Fortschreitens unserer jungen Wissenschaft so lange ignoriert hatte.

Wenn wir behutsam neue Gebäude errichten, Monumente, wie man sie nie zuvor gesehen hat, brauchen wir dazu ein Gerüst, das am Ende abgetragen wird. Künftige Theoretiker werden keine Schwierigkeiten haben, mit dem Finger auf mich zu zeigen und über die Grobheit der Konstruktionen zu lachen, die ich aufwenden mußte, über die Seile und Flaschenzüge, die ich an meinem Gerüst angebracht habe, die Kräne, mit denen ich die Steine eines Bauwerks, das durch das Gerüst kaum noch zu sehen ist, nach oben befördert habe. Natürlich haben die Kräne, die Flaschenzüge und Seile nichts mit dem einmal fertigen Gebäude zu tun, doch das Bewußtsein, daß wir das fertige Gebäude vielleicht niemals zu sehen bekommen, entfacht nicht selten unsere Liebe zu dem Gerüst selbst (denn es hat seine eigene Schönheit), und dies mag zu einer gewissen Verwirrung führen. Es ist durchaus lehrreich, sich zu fragen, *wie* wir unsere Bauwerke und Theorien konstruieren. Unseren Bauten setzt die Technik Grenzen, so wie den wissenschaftlichen Theorien durch unsere mathematischen und logischen Fähigkeiten Grenzen gesetzt sind. Und nur mit der Zeit können subtile neue Strukturen, neue Einsichten, die uns bisher verborgen waren, Gestalt annehmen.

Als ich mich neulich einer Reihe persönlicher Erlebnisse erinnerte, an die ich lange nicht mehr gedacht hatte, wurde mir bewußt, daß ich in der Theorie der Psychoanalyse einige wesentliche Punkte übersehen habe. Hätte ich die Schwächen der Theorie früher zu beheben versucht, wäre ich gewiß auf unüberwindliche Schwierigkeiten gestoßen. Jetzt jedoch wäre es sowohl unehrlich als auch für künftige Forscher irreführend, wollte ich die Theorie trotz meiner Erkenntnis ihrer Schwächen in ihrem gegenwärtigen Zustand belassen.

Die Umstände, die mich zur Erkenntnis meiner theoretischen Versäumnisse führten, betreffen einen meiner ältesten Bekannten aus der Zeit meines Medizinstudiums, einen Mann, der zu meinen Lebzeiten zum höchstgeehrten Angehörigen der Wiener Ärzteschaft werden sollte: Julius Wagner-Jauregg. Wagners Name wurde in Zusammenhang mit einem Skandal genannt, der in ganz Wien zum Stadtgespräch geworden war – eine Geschichte, der ich mich nun zuwenden will.

2. Die Vergewaltigung

An einem warmen Sommernachmittag Ende August 1931 sonnten sich zwei junge deutsche Frauen an einem Strand in der Nähe von S——A——. Sie wohnten unweit der Küste im Bauernhaus eines Onkels einer der beiden.[1] Gegen sechs Uhr abends, bei schon tiefstehender Sonne, stiegen die jungen Frauen den Weg hinauf, der durch die Dünen landeinwärts führte.

Zuvor hatten sie sich über einen jungen Mann amüsiert, der sich mit Purzelbäumen und neckischen Wasserspielchen vor ihnen am Strand produziert hatte. Als sie jetzt den höchsten Punkt des Weges erreichten und Halt machten, um die Aussicht auf die Küste zu genießen, vernahmen sie das Geräusch eines nahenden Automobils.

Das unvermittelte Auftauchen des Wagens überraschte und verängstigte sie ein wenig, zumal er dann schließlich

1 Es ist bekannt, daß Freud, um die Identität seiner Patienten zu schützen und ein oftmals komplexes klinisches Phänomen herauszuarbeiten, in seinen Fallgeschichten nicht selten die Geschichten mehrerer Patienten zu einer einzigen zusammenfügte und dabei gelegentlich (so wurde jedenfalls behauptet) frei erfundene Einzelheiten hinzufügte. Zwar lassen sich viele der hier von Freud gemachten Angaben nicht nachprüfen, weil die entsprechenden Gerichtsakten und Zeitungsarchive im Krieg vernichtet wurden, doch hat Freuds Darstellung bemerkenswerte Ähnlichkeit mit dem Fall des Franzosen Luc Tangorre, der in den Anmerkungen, S. 181–182, ausführlich dargestellt wird.

unmittelbar neben ihnen zum Stillstand kam. Zu ihrer Erleichterung gewahrten sie dann aber am Steuer ebenjenen jungen Mann, den sie zuvor am Strand beobachtet hatten.

Er hatte ein breites, weiches Gesicht mit einem, wie sie später aussagten, leicht spöttischen Ausdruck. Er öffnete den Wagenschlag, stellte sich aufs Trittbrett und bot den Frauen an, sie nach Hause zu fahren. Die jüngere der beiden war etwas schüchtern und schüttelte wortlos den Kopf, doch ihre Gefährtin fühlte sich von dem Angebot geschmeichelt und sagte, es wäre doch schön, jetzt um diese Stunde durch die Landschaft zu kutschieren.

Der junge Mann antwortete, er wolle nicht aufdringlich sein, und wenn ihre Freundin nicht mitkommen wolle, wäre es vielleicht besser, er würde seinen Weg allein fortsetzen. Aber die ältere der beiden Frauen bestand darauf, und schließlich stiegen sie ein; die Jüngere nahm auf der Rückbank Platz, und ihre Freundin setzte sich neben den Fahrer nach vorne.

Als der Wagen losfuhr und eine scharfe Kurve nahm, rutschte ein sorgfältig verschnürtes Päckchen über die Rückbank und drückte sich der jungen Frau an die Rippen. Erschreckt besah sie es genauer und stellte fest, daß es Bücher enthielt, und zwar allem Anschein nach etwa ein Dutzend Exemplare ein und desselben Buches. Gerade als sie den Fahrer danach fragen wollte, drehte dieser sich um und wurde ganz aufgeregt, als er sah, wie sie daran herumfingerte und unter die Verpackung zu spähen versuchte. Er schob das Päckchen über die Sitzbank zurück und bedachte die Frau mit einem mißbilligenden Blick, der ihr angst machte.

Erst da fiel ihr auf, daß sie nicht mehr auf der Straße fuhren, die sie sonst immer auf dem Rückweg zum Bauernhaus gegangen waren, und sie äußerte ihre Besorgnis deswegen. Ihre Freundin, die den kleinen Flirt mit dem jungen Mann genoß, sagte dazu jedoch nur, sie solle lieber die Aussicht genießen, statt sich ständig Sorgen zu machen.

Als der Wagen dann in einen schmalen Feldweg einbog und sie durch einen Weingarten fuhren, wurde auch die Ältere unruhig. Erneut rutschte das Bücherpaket über die Sitzbank, und als die Jüngere es nervös wieder von sich schob und dabei die Umhüllung aufriß, erblickte sie auf dem Umschlag des Buches eine Photographie des Fahrers. Sie vermochte nur noch das Wort »unschuldig« zu lesen, da brachte der Fahrer den Wagen abrupt zum Stehen, drehte sich zu ihr um und sagte: »Das hätten Sie nicht tun sollen.«

Er stieß die Bücher über die Bank zurück, öffnete die Tür und zog die junge Frau aus dem Wagen. Während sie mehrere Minuten lang mit ihm kämpfte, saß ihre Freundin wie gelähmt und sah voller Entsetzen zu, wie der junge Mann sie schlug, ihr die Kleider vom Leib riß und sie vergewaltigte. Dann zerrte er die Ältere aus dem Wagen, schlug sie und vergewaltigte sie ebenfalls. Schließlich ließ er die beiden Frauen am Boden liegen und fuhr bei untergehender Sonne davon.

Drei Monate später wurde aus derselben Gegend eine weitere Vergewaltigung gemeldet, und erst jetzt gingen die beiden Frauen zur Polizei. Als sie das sorgfältig verpackte Bücherpaket erwähnten, zeigte ihnen die Polizei ein Buch mit dem Titel *Unschuldig, aber schuldig*[2]. Auf dem Umschlag befand sich ein Bild des jungen Mannes, Hans Hellbach, den die Frauen sofort als ihren Peiniger identifizierten.

Die Polizei befragte sie eingehend und deutete an, möglicherweise sei der Täter nicht der Mann auf dem Buchumschlag, sondern jemand, der ihn nur nachahme. Die jungen Frauen blieben jedoch bei ihrer Aussage, und einige Wochen später wurde ein Mann verhaftet, den sie als denjenigen identifizierten, der sie vergewaltigt hatte, und der tatsächlich der Gegenstand des Buches war, von dem ein Dutzend Exemplare ordentlich verpackt und verschnürt auf der Rückbank des Automobils gelegen hatten. Der Autor des Buches war der polnische »Neurologe« M. Kozlowski.[3]

In Österreich erregte der Fall Hellbach großes Aufsehen. Hellbach war zuvor bereits mehrmals wegen Vergewaltigung verhaftet und jedesmal wieder freigelassen worden, bis es 1927 in Süddeutschland zu einer Serie von Vergewaltigungen gekommen war. 1927 erneut verhaftet, wurde er zu einer langjährigen Gefängnisstrafe verurteilt. Hellbach beteuerte weiterhin seine Unschuld, und 1929 reichte eine Reihe prominenter Österreicher, darunter der vor kurzem mit dem Nobelpreis ausgezeichnete Wagner-Jauregg, bei der Regierung ein Gnadengesuch für ihn ein.

2 Über den französischen Vergewaltiger erschien 1984 ein Buch des am Centre National de la Recherche Scientifique (CNRS) beschäftigten Forschers G. Tichané mit dem Titel *Coupable à tout prix* [*Schuldig um jeden Preis*].

3 Michael Kozlowski (1861-1935), geboren in Polen, brachte 1895 in Krakau sein Medizinstudium zum Abschluß und floh am Beginn des Ersten Weltkriegs nach Wien. Er war ein Kollege und Freund von Wagner-Jauregg.

Wagner hatte Hellbach im Großen Krieg kennengelernt, als er ihn in seiner berühmten Klinik behandelt hatte. Nachdem Hellbach von seinen, wie es damals hieß, »unbedeutenden Verletzungen« genesen war, hatte sich bei ihm eine Lähmung des rechten Arms entwickelt. Die Behörden hatten ihm vorgeworfen, die Lähmung lediglich zu simulieren, und ihn in Wagners Klinik geschickt, wo er behandelt und »geheilt« wurde. Anschließend kehrte er an die Front zurück und konnte sich in mehreren bedeutenden Gefechten auszeichnen. Nach dem Krieg wurde er von Wagner immer wieder als hervorragendes Beispiel für die Wirksamkeit seiner »Heilmethode« angeführt.

Die Affäre Hellbach und in Zusammenhang damit Wagners »Heilmethode« weckte in mir ein eigenartiges, aber starkes Gefühl von Versagen. Denn Hellbach war nur einer von vielen österreichischen Soldaten, die aufgrund von Lähmungserscheinungen von Wagner behandelt worden waren. Damals glaubte ich, die Grenzen von Wagners Arbeit verstanden zu haben, und war bereit zu akzeptieren, daß meine eigenen Erklärungen bestenfalls unzureichend waren, doch erst jetzt wird mir bewußt, wie sehr die Psyche dieser jungen Soldaten erschüttert gewesen sein muß und wie blind sowohl Wagner als auch ich für die wahre Natur ihres psychischen und physischen Zusammenbruchs gewesen waren.

3. Die Simulanten

In den ersten Jahren des Großen Krieges erlitten zahllose österreichische Soldaten Verwundungen aller Schweregrade, und während der Behandlung in den Frontlazaretten entwickelten viele von ihnen Symptome, die an Hysterie denken ließen – heftiges Zittern, Lähmungserscheinungen an Armen und Beinen. Was in der Folge als Kriegsneurose bezeichnet wurde, nahm in der österreichischen Armee epidemische Ausmaße an, so sehr, daß die Obrigkeit um den Sieg fürchten mußte, weil die Reihen der Soldaten durch den massenhaften Ausbruch hysterischer Symptome stark dezimiert wurden.

Ich war zur damaligen Zeit zwar nicht mit dem Problem vertraut, aber Diagnose und Therapie von Neurosen war natürlich eines der Gebiete, zu welchem die junge Wissenschaft der Psychoanalyse, für deren Erschaffung und Entwicklung ich persönlich verantwortlich bin, bedeutsame Beiträge geliefert hatte. Allerdings waren sich die österreichischen Behörden der pauschal feindseligen Haltung der Ärzteschaft meiner Arbeit gegenüber durchaus bewußt und suchten aus diesem Grunde niemals meinen Rat. Ich kann der österreichischen Führung keinen Vorwurf machen, schließlich befanden wir uns mitten in einem furchtbaren Krieg, und die Bedrängnisse jener Zeit waren zu groß, als daß die Regierung sich auf irgendwelche medizinischen Kontroversen hätte einlassen können. So war es vollkommen einleuchtend, daß die Obrigkeit sich an Julius Wagner-Jauregg wandte, den damals bekanntesten Psychologen von Wien.

Wagner gründete eine Klinik für die »Behandlung« unserer Soldaten. Ich bin mir sicher, daß er aus rein patriotischen Motiven heraus handelte, und kann ihm nicht vorwerfen, daß seine wenig schmeichelhafte Meinung von der Psychoanalyse ihn davon abhielt, die Fallgruben zu sehen, in welche die Regierung ihn lockte. Es war seine feste und, wie ich glaube, ehrliche Überzeugung, unsere Soldaten könnten mit neuartigen Elektrotherapien, wie sie damals in psychiatrischen Kliniken überall in Deutschland zunehmend zum Einsatz kamen, schnell und wirkungsvoll behandelt werden. In Kozlowski fand er einen besonders engagierten Kollegen, und so wurde Wagners Klinik in den ersten Kriegsjahren zu einem wesentlichen Teil der Kriegsanstrengungen.

Nach Wagners Ansicht waren die meisten unserer Soldaten »Simulanten«, junge Männer, die einfach Angst hatten, an die Front zurückzukehren, und einen Weg gefunden hatten, sich ihrer Pflicht zu entziehen, indem sie *willentlich* hysterische Symptome entwickelten. Er hielt sie für Drückeberger, Lügner und Feiglinge.

Offenbar vermochten weder Wagner noch die Obrigkeit einzusehen, daß junge Männer, die den Schrecken des Krieges ausgesetzt gewesen waren, schwere psychische Traumata erlitten haben könnten, die ihre weitere Teilnahme am Krieg in der Tat unmöglich machten. Ebensowenig schien es sie zu beunruhigen, daß die Symptome dieser jungen Männer von einer Art waren, die kein Hypochonder jemals nachzuahmen imstande wäre. Es ist schlichtweg nicht möglich, die Lähmung eines Arms oder Beins »willentlich« herbeizuführen.

In Kriegszeiten stellt jedoch die Staatsraison eine tiefe moralische Verpflichtung dar, die, darin waren sich Wagner und die Obrigkeit einig, höher steht als jegliche privaten Erwägungen, höher auch als der Trieb zur Selbsterhaltung im Angesicht der Schrecken, die weder Wagner noch irgendeiner unserer politischen Führer jemals am eigenen Leib erfahren hatten. Wir errichten Denkmäler für unsere großen Generäle, vergessen dabei aber, daß bei der Erringung von Ruhm und Ehre für den Staat nicht diese, sondern die gemeinen Soldaten am meisten gelitten und geopfert haben. Wir nennen politische Führer »mutig«, die unsere jungen Männer in den Krieg schicken, und nie stellen wir uns die Frage, was für ein Mut das eigentlich sei, der jemanden dazu bringt, das Leben anderer Menschen hinzuopfern.

Die Psychoanalyse hat versucht, die psychologischen Gründe zu erklären, die uns veranlassen, eine solche moralische Autorität anzuerkennen. Wagners »Lügner« und »Drückeberger« jedoch haben diese moralische Autorität – und auch, wie ich nun hinzufügen muß, jedwede psychoanalytischen Deutungsversuche – in Frage gestellt, und zwar auf eine Weise, für die ich damals keine Erklärung hatte.

Für Wagner waren diese jungen Männer keine moralische Herausforderung. Im Gegenteil, da es sich um

»Simulanten« handelte – ein Euphemismus für »Lügner« – und sie also nur vorgaben, krank zu sein, lag es nahe, ihnen das Lügen durch Prügel auszutreiben. Das ärztliche Handeln verbündete sich mit dem der Polizei. Auch Unschuldige kann man dazu bringen, zu gestehen und sich schuldig zu bekennen. Warum also sollten nicht auch diese jungen österreichischen Soldaten auf den rechten Weg gebracht werden können? Und in Michael Kozlowski fand Wagner den besten Mitarbeiter, den er sich wünschen konnte.

Die »Drückeberger« wurden in winzige Zellen gesperrt und mehrere Tage lang völlig isoliert. Unter großem Gelärme wurde irgendeiner von ihnen aus seiner Zelle gezerrt und nackt auf einen Stuhl gefesselt. Kozlowski »präparierte« zunächst seine Opfer, die noch in den Zellen saßen, mit der laut ausgesprochenen Warnung: »Ihr wißt ja gar nicht, was euch erwartet«, dann wandte er sich dem auf den Stuhl gebundenen Menschen zu, traktierte mit starken Stromstößen dessen empfindlichste Körperstellen und schrie: »Jetzt mußt du für deine Taten bezahlen!«

Als diese »Behandlung« ruchbar wurde und einige Familien sich bei Wagner beschwerten, versicherte dieser, er habe zwar keine Zeit, die Behandlung persönlich durchzuführen, doch stünden der Klinik die fortschrittlichsten wissenschaftlichen Methoden zu Gebote, und selbstverständlich werde er den Hinweisen nachgehen und prüfen, ob es von seiten seiner Assistenten zu irgendwelchen Übergriffen gekommen sei. Später schrieb er den betroffenen Familien, von Folter könne in keinem einzigen Fall die Rede sein. Die Angehörigen der so brutal mißhandelten jungen Männer glaubten Wagners Beteuerungen, schlugen sich auf seine Seite und drangen darauf, daß ihre Söhne an die Front zurückkehren sollten. Und die österreichische Regierung erging sich in Lobeshymnen auf Wagners Wunderheilungen.

Nach Kriegsende äußerten sich jedoch einige junge Männer kritisch über Wagners Klinik. Die Sache kam in die Zeitungen, und bald mußte sich Wagner von ganz Wien fragen lassen, ob er unsere jungen Männer gefoltert habe.[1] Die Armee sah sich gezwungen, die Aktivitäten der Klinik zu untersuchen, und ich wurde gebeten, als Sachverständiger daran mitzuwirken. So kam es zu Wagners »Prozeß«.[2]

1 Typisch für die Zeitungskommentare jener Zeit sind die folgenden Ausschnitte aus einem Artikel in *Der freie Soldat* vom 28. Februar 1919: »[Den Soldaten] klebte von vornherein der Makel des Simulantentums an, und bei vielen sogenannten Ärzten war nur das Bestreben vorhanden, sie zu ›entlarven‹, nicht etwa ihr Leiden festzustellen und zu heilen. Eines der Mittel, das angewendet wurde, war die elektrische Behandlung mit Starkstrom ... Insbesondere wurde diese ›elektrische Heilmethode‹ auf der Klinik Wagner v. Jauregg angewendet ... Ganz nach der Art mittelalterlicher Folterknechte drohte ihm [einem Offizier] der Assistent Professor Wagners, Dr. Kozlowski, zuerst die Faradisation an, ließ ihn zuschauen, wie sich unglückliche Opfer bei der elektrischen Starkstrombehandlung brüllend vor Schmerz in Qualen wanden, und unterwarf ihn schließlich selbst dieser Marter.« (Zitiert nach Kurt R. Eissler: *Freud und Wagner-Jauregg vor der Kommission zur Erhebung militärischer Pflichtverletzung*, Wien 1979, S. 25 f.)

2 An dieser Stelle des *Manuskripts* begann Freud offenbar einen neuen Gedankengang, den er aber rasch wieder fallen ließ. Der folgende Absatz am Ende des Kapitels wurde von Freud gestrichen: »Der Staat findet leicht eine Rechtfertigung: Er gibt dem Menschen eine Identität (Österreicher, Deutscher, Franzose etc.) und beschützt ihn. Und wenn der Staat jemanden erschaffen hat, einem das Gefühl gegeben hat, von Wert und Bedeutung zu sein (›Ich komme aus Berlin‹, sagt man stolz, wenn man durch Rußland reist), so hat er gewiß das Recht, den Betreffenden auch zu vernichten. Das Verhältnis des Staates zu seinen Bürgern unterscheidet sich kaum von dem des Dr. Frankenstein zu seinem Roboter. Mary Shelleys

Aber lassen Sie mich kurz auf die Affäre Hellbach zurückkommen.

Buch handelt nicht zuletzt von der Psychologie des Mordes und des Krieges. Wir rechtfertigen unsere grausamsten Taten, indem wir uns sagen, daß wir nur zerstören, was *wir* erschaffen haben.

4. Der Nachruf

Der Prozeß Hellbach wurde, wie bereits erwähnt, in Österreich zum alles beherrschenden Thema, das mit nicht weniger Eifer verfolgt wurde als die Schlachten des Großen Krieges. Dieselben Patrioten, die die Kriegsentscheidungen der Regierung niemals in Frage gestellt hatten, sprachen jetzt von der Untauglichkeit des Rechtssystems, der Ärzteschaft und der Politiker. Nichts davon war meinem eigenen Denken fremd, bemerkenswert jedoch erschien mir, daß weder die Presse noch die Leute in den Kaffeehäusern den eigentlichen Schuldigen beim Namen nannten – meinen Kommilitonen und Kollegen, den Nobelpreisträger und Österreichs berühmtesten und renommiertesten Wissenschaftler und Psychologen, Julius Wagner-Jauregg. Wagner selbst hat niemals, weder in der Öffentlichkeit noch, meines Wissens, im privaten Kreis irgendeine Erklärung zur Affäre Hellbach abgegeben. Und die Presse hat nie erwähnt, daß Michael Kozlowski, der Autor von *Unschuldig, aber schuldig*, dem Buch, das im Mittelpunkt des Skandals stand und der Grund dafür war, daß Kozlowski zur *bête noire* der Affäre Hellbach wurde, Wagners engster Mitarbeiter gewesen war. Was Wagners Schweigen zu bedeuten hatte, wurde mir erst klar, als mir ein vor kurzem aus Krakau zurückgekehrter Freund einen von Wagner verfaßten Nachruf auf Kozlowski zeigte, der in einer polnischen Zeitschrift erschienen war.

Erst da begriff ich die Bedeutung dieser Ereignisse für mich selbst: Sie standen in Zusammenhang mit der tiefsten Demütigung meines Lebens, die ich nicht bei dem Prozeß gegen Hellbach, sondern bei jenem anderen »Prozeß« erlebt hatte, bei dem vorgeblich mein alter Freund Julius Wagner – und, so muß ich vermuten, neben ihm auch ich selbst – auf der Anklagebank gesessen hatte. Als ich Wagners Nachruf auf Kozlowski las, verstand ich plötzlich, was man mir 1920 angetan hatte.

»Aus meiner Zusammenarbeit mit Dr. Kozlowski«, schrieb Wagner in seinem Nachruf, »entwickelte sich dank seiner medizinischen Erfahrung, absoluten Verläßlichkeit und seines tiefen Pflichtbewußtseins sowie seiner aufrichtigen Anhänglichkeit an mich eine echte Freundschaft.«[1] Wenn dem so war, fragte ich mich, warum hatte Wagner das dann nicht auf deutsch veröffentlicht? Warum war er seinem »Freund« und Kollegen Kozlowski nicht zu Hilfe geeilt, als dieser, der sich jetzt nicht mehr selbst verteidigen konnte, von der österreichischen Presse verunglimpft wurde?

Daß mich das im Jahre 1935 beschäftigte, hatte durchaus persönliche Gründe. 1920 hatte Kozlowski mich und meine Arbeit in einem Schreiben aus Krakau mit einer Verachtung behandelt, die mir noch heute das Blut stocken

1 *Polska Gazeta Lekarska*, 14, S. 323 (zitiert in Eissler, *op. cit.*, S. 100; dort der vollständige Text in deutscher Übersetzung).

läßt. Und er hatte dies mit voller Zustimmung und Billigung Wagners getan.

1920 indes hatte ich die Demütigung hingenommen, weil ich der Ansicht war, es nicht besser verdient zu haben. Der Grund für mein Versagen, dachte ich seinerzeit, sei die Unzulänglichkeit meiner eigenen Arbeit.

Vielleicht überrascht es künftige Biographen, wenn sie erfahren, daß die Ereignisse des Jahres 1920 mich in eine der schlimmsten Depressionen meines Lebens getrieben haben, eine Depression, von der ich erst genesen bin, nachdem mir Wagners Prozeß und das intensive Gefühl, versagt zu haben, vollständig aus dem Gedächtnis verschwunden waren. Meine Werke aus jener Zeit zeigen deutlicher, als ich jemals zugeben könnte, wie erfolgreich ich alles verdrängt hatte, was mit Wagner und seinem Prozeß in Zusammenhang stand.

Ich sah also in Wagners Schweigen zur Hellbach-Affäre nur ein feiges Ausweichen und deutete die Veröffentlichung seines Nachrufs auf Kozlowski *in polnischer Sprache* als den Versuch, seinen Anteil an diesen Ereignissen zu verschleiern, aber das änderte nichts daran, daß Wagner mir die eigene Unfähigkeit, mit meinem Versagen im Jahre 1920 und der darauf folgenden Demütigung fertig zu werden, ständig vor Augen hielt.

1935 konnte ich Wagner nicht mehr kritisieren, weil auch ich mich der Feigheit schuldig gemacht hatte. Ich wußte, daß Wagner Unrecht gehabt hatte, daß sein internationales Ansehen auf einer Arbeit beruhte, die man besser ignoriert hätte und die schon 1935, nicht einmal zehn Jahre nach der Verleihung des Nobelpreises, durchaus verdientermaßen in Vergessenheit geraten war. Aber nichts von alledem konnte als Rechtfertigung für mein eigenes Handeln im Jahre 1920 dienen.

Wagners Nachruf hat diese schmerzliche Zeit wieder in mir lebendig werden lassen, und erst jetzt wird mir halbwegs klar, worin mein Versäumnis bei dem »Prozeß« 1920 bestanden hat. Ich habe nicht mehr die Zeit, in aller Ausführlichkeit darzulegen, was ich damals hätte vorbringen müssen, und muß mich darauf beschränken, meine gegenwärtigen Gedanken in groben Zügen zu skizzieren.

5. Die Untersuchung

Ich erinnere mich noch gut an die enorme Befriedigung, die ich empfand, als ich zu dem militärischen Ermittlungsverfahren[1] geladen wurde, um dort als Zeuge auszusagen. Die Jahre der Feindschaft gehörten damit der Vergangenheit an.

Ich habe noch nie etwas über die Ereignisse des Jahres 1920 geschrieben, denn damals hatten sie mich in der sehr kurzlebigen Illusion gewiegt, zu jenen Wissenschaftlern zu zählen, denen eine große Nation wie die österreichische bereitwillig zuhörte. Vor einigen Jahren, 1929, bin ich einer ähnlichen Illusion erlegen – diesmal mit Bezug auf die deutsche Nation –, als mir nämlich Thomas Mann einen Platz in der Geschichte des modernen Denkens zuwies und ich im Jahr darauf den Goethepreis für das Jahr 1930 erhielt, den meine Tochter Anna, stellvertretend für mich, im Rathaus von Frankfurt am Main entgegennahm. Danach hat sich das deutsche Volk von uns abgewandt, wenngleich es falsch von mir wäre, darin einen persönlichen Affront zu erblicken, befindet sich Deutschland doch ge-

1 Freud verwendet den Ausdruck »militärisches Ermittlungsverfahren« synonym mit »Wagners ›Prozeß‹«.

genwärtig in den Klauen einer zerstörerischen Bewegung, die der gesamten Menschheit Unheil verkündet.

Im Jahre 1920 aber mußten wir uns noch vom Krieg und dem tragischen Tod des Sohnes meiner Schwester erholen. Ich war emotional und physisch erschöpft und daher wenig geneigt, den Kampf für die Anerkennung der neuen Wissenschaft der Psychoanalyse fortzusetzen. Wien war für meine Arbeit seit jeher besonders unempfänglich gewesen, und so überraschte es mich um so angenehmer, als ich die Aufforderung erhielt, bei der gerichtlichen Untersuchung über die Vorgänge in Wagners Klinik als Gutachter auszusagen.

Natürlich hätte ich wissen sollen, was mich erwartete. Es hätte mir vollkommen klar sein müssen, daß diejenigen, die bisher die Psychoanalyse strikt abgelehnt hatten, keinen Grund haben konnten, plötzlich ihre Meinung zu ändern. Seine Meinung ändert man nur, wenn ein handfester persönlicher Vorteil winkt. 1920 bot die Psychoanalyse lediglich den Reiz einer neuen Wissenschaft und war ansonsten dem Spott der Altvorderen ausgesetzt. Daher war es naiv von mir, zu glauben, die Einladung zur Teilnahme an jener Untersuchung bedeute eine offizielle Anerkennung meiner seit nahezu zwei Jahrzehnten von der etablierten Medizin geschmähten Arbeit und die Jahre der Feindseligkeiten von seiten der Ärzteschaft und der Boulevardpresse gehörten nun endgültig der Vergangenheit an.

Tatsächlich war ich in einer solchen Hochstimmung, daß ich Wagner gegenüber, den ich wie gesagt seit der Zeit meines Medizinstudiums kannte und der niemals ein freundliches Wort über meine Arbeit geäußert hatte, weder

Feindschaft noch den Wunsch nach Rache verspürte. Es lag mir nichts daran, meinen Freund allzu heftig zu kritisieren. Im Gegenteil, ich war bereit, jegliche Kritik, die ich etwa anzubringen hatte, auf rein fachliche Fragen zu beschränken. Wagner und ich hatten seit unserer gemeinsamen Studienzeit in höflichem, ja freundschaftlichem Briefverkehr gestanden.

Dennoch kam ich bei genauerer Betrachtung der gegen Wagner erhobenen Vorwürfe nicht an der Schlußfolgerung vorbei, daß er sich schwerer Verstöße gegen die ärztliche Ethik schuldig gemacht hatte. Seine »Heilmethode« stellte die Medizin in den Dienst des Staates. Die österreichische Regierung brauchte Männer an der Front, und Wagner war bereit, dieser Forderung mit allen ihm zu Gebote stehenden Mitteln Genüge zu tun. Wagners Klinik diente im wesentlichen nicht medizinischen, sondern politischen und militärischen Zwecken. Und obwohl ich an Wagners Auffassung von der menschlichen Psyche in der Tat erhebliche Zweifel hatte, lag mir kaum etwas daran, unsere Meinungsverschiedenheiten in der Öffentlichkeit auszutragen.

Also verfaßte ich einen kurzen Aufsatz, der meine Sorge zum Ausdruck brachte, daß Wagner eher dem Staat gedient als den Versuch unternommen habe, ein ernsthaftes medizinisches Problem zu lösen. In meiner Argumentation führte ich an, die Psychoanalyse habe gezeigt, daß Symptome wie hysterische Lähmung ihren Ursprung im Gefühlsleben der Patienten hätten.[2] Es scheine nicht unver-

2 Es überrascht, daß Freud in einem Dokument, in dem er freimütig einen grundlegenden theoretischen Fehler eingesteht, kein Wort davon sagt, daß er den von ihm vor der österreichischen Kommission (siehe unten) ver-

nünftig, anzunehmen, daß irgendein junger Mann angesichts der Schrecken des Schlachtfeldes und des brutalen, repressiven Militärapparats bestrebt sein könnte, sich dem Kriegsdienst zu entziehen.

Wenngleich es demnach nicht auszuschließen sei, daß jemand versuchen könnte, sich durch Vortäuschen irgendwelcher Erkrankungen dem Kriegsdienst zu entziehen, gebe es, so argumentierte ich, im Gegensatz zur Auffassung Wagners und seiner Mitarbeiter de facto nur sehr wenige »Simulanten«, allein schon aus dem Grund, daß es sehr schwierig sei, irgendeine Krankheit zu simulieren. Des weiteren äußerte ich die Ansicht, daß die Erfüllung ihrer militärischen Pflichten für die meisten Männer nicht etwas zu Vermeidendes sei, sondern geradezu als wesentlicher Bestandteil ihres Selbstwertgefühls zu gelten habe. Man könne sagen, erklärte ich, daß Soldaten, die eine Kriegsneurose entwickelt haben, einen unbewußten Konflikt in sich austrügen, den Konflikt zwischen dem Wunsch zu fliehen und dem Wunsch, an die Front zurückzukehren und für sich selbst Ruhm und Ehre zu erringen. Kriegsneurosen gingen letztlich auf diesen Konflikt zurück, und daher könnten sie meiner Meinung nach nicht durch Elektrotherapie geheilt werden.

lesenen Aufsatz nicht *veröffentlicht* und auch nicht in die Liste seiner veröffentlichten und unveröffentlichten Arbeiten aufgenommen hat. Der Aufsatz wurde im Österreichischen Archiv entdeckt und erst 1955 in englischer Übersetzung zugänglich. Freilich finden sich im *Manuskript* hinreichend Gründe, die Freuds Wunsch verständlich machen, diesen Aufsatz »auf den Kehrichthaufen vergangener Dummheiten« zu werfen, wie er an früherer Stelle einmal sagt. Im unklaren bleibt, ob er annimmt, der Aufsatz existiere nicht mehr, oder ob er sich nur nicht mit seinem Wunsch, ihn zu unterdrücken, auseinandersetzen möchte.

Das war doch allenfalls ein leichter Angriff auf Wagner. Dennoch wurden meine Argumente von Wagner und der Untersuchungskommission schließlich zurückgewiesen.[3] Sie beharrten darauf, daß in Anbetracht des vordringlichen Ziels, die jungen Männer so rasch wie möglich an die Front zurückzuschicken, jedwede psychoanalytische Behandlung zuviel Zeit beanspruchen würde.

An den auf meinen Vortrag folgenden Tagen verbrachte die Kommission viel Zeit damit, die psychoanalytische Theorie zu attackieren. Ich war dabei nicht anwesend.

Am Ende wurde Wagner freigesprochen, und die Presse hatte die Geschichte bald vergessen. Die jungen Männer, die gegen Wagner Beschuldigungen erhoben hatten, wurden verwarnt, und die Psychoanalyse war wieder einmal als törichter Schwindel abgetan. Wochenlang war ich sehr niedergeschlagen, denn die Euphorie, endlich Anerkennung seitens meiner Kollegen gefunden zu haben, war unversehens der Erkenntnis gewichen, daß die Kommission mich nur eingeladen hatte, um mich zu demütigen.

Ich wollte das alles nur noch vergessen, und heute, im Rückblick, weiß ich, warum ich mich damals so wehr-

3 Ernest Jones erzählt, Wagner habe sich über Freuds Vortrag sehr geärgert. »Freuds Freundlichkeit«, schreibt Jones, »wurde in keiner Weise erwidert. Man hätte meinen können, er habe sich in seinem Memorandum großmütiger geäußert, als irgendein Fremder es getan haben würde, aber Wagner war alles andere als zufrieden damit. In seiner posthum veröffentlichten Autobiographie ... wirft er Freud nicht allein Intoleranz vor, sondern behauptet geradezu, Freud habe aus Rache für die seitens der Psychiatrischen Klinik an ihm [Freud] geübte Kritik einen persönlichen Angriff auf ihn [Wagner-Jauregg] geführt ... Wagner-Jauregg ging sogar noch weiter und verbreitete die Legende ..., nicht Freud, sondern Janet sei der wahre Vater der Psychoanalyse.« (Jones, *The Life and Work of Sigmund Freud*, Bd. 2, New York 1955, S. 24.)

los und gedemütigt gefühlt habe. Im Verlauf jener Untersuchung wurde mir klar, daß man mich hintergangen hatte. Die Armee und die etablierte Medizin hatten mich als einen »Sachverständigen« eingeladen, der, dessen mußten sie sich sicher sein, Wagner entgegentreten würde (und vielleicht auch, weil sie von mir als seinem Freund erwarteten, daß ich nur milde Kritik an ihm üben würde). Da meine Arbeit jedoch von der Ärzteschaft sosehr geringgeschätzt wurde – ganz gleich, wie vernünftig meine Kritik auch immer sein mochte –, waren sie allesamt so voreingenommen gegen alles, was ich zu sagen hatte, daß sie meine Ausführungen in jedem Fall ohne sorgfältige Erwägung ihres Wertes abgetan hätten.

Bevor ich mein Gutachten vor der Kommission verlas, hatte ich gehofft, mein offensichtliches Bestreben, jede allzu harte Kritik zu vermeiden (ich hätte Wagners Methoden während des Krieges ja ohne weiteres einer vernichtenden Kritik unterziehen können), würde von der Ärzteschaft mit Beifall aufgenommen werden und der Psychoanalyse auf lange Sicht neue Anhänger gewinnen. Wenn ich damals naiv war, wenn die etablierte Medizin und Politik mich übertölpelt hatten, wenn ich mich von der ganzen Angelegenheit zutiefst gedemütigt fühlte, so weiß ich doch heute, daß ich es nicht anders verdient hatte. Denn ich hatte geglaubt, meine Argumente seien denen Wagners überlegen und meine moralische Haltung stünde über der seinen.

Heute weiß ich, daß ich meine Demütigung selbst provoziert hatte. Die Herausforderung, vor die ich die Untersuchungskommission stellte, war nicht allein harmlos –

meine Argumente waren auch schlicht nicht besser als die Wagners. Tatsächlich hatten Wagner und ich Argumente vorgebracht, die zwar nicht aus ärztlicher, dafür aber aus moralischer Sicht verwerflich waren.

6. Lähmung

Es ist sicher kein Zufall, daß ich *Massenpsychologie* und wenig später *Das Ich und das Es*, meinen Versuch, die Ursprünge unseres Moralgefühls zu erklären, kurz nach jenem Untersuchungsverfahren abgeschlossen habe.[1] Politische Fragen und ihr Verhältnis zu meiner Theorie der Psychoanalyse wurden damals für mich ein Gegenstand obsessiven Interesses, und wie jede Obsession – das hatte die Psychoanalyse gezeigt – war auch die meine nicht frei von Paranoia und tiefen Schuldgefühlen. Ich betrachtete die Motive derer, die mich als Sachverständigen geladen hatten, mit Argwohn; andererseits fühlte ich mich schuldig, weil es mir nicht gelungen war, die jungen Männer, die meiner Überzeugung nach unter Wagners Ägide gefoltert worden waren, angemessen zu verteidigen. Nun suchte ich verzweifelt zu berichtigen, was ich falsch gemacht hatte: daß ich jene jungen Männer im Stich gelassen hatte, daß ich auf die Richter und die Öffentlichkeit keinen Eindruck gemacht hatte. Ich war besessen davon, meine Vergangenheit umzuformulieren, sie zu berichtigen, Erfolg zu haben,

1 *Massenpsychologie und Ich-Analyse* erschien 1920; die erste englische Ausgabe 1922. *Das Ich und das Es* erschien 1923; die erste englische Ausgabe 1925.

wo ich nur allzu schmählich versagt hatte, und so schrieb ich wie besessen über die psychologischen Wurzeln der Moral.

Meine knappe Erklärung, daß die Medizin von der politischen Obrigkeit unabhängig zu sein habe, war 1920 bei der Kommission auf taube Ohren gestoßen, weil ich sie aus Sorge um meinen Freund Wagner nicht mit dem gebührenden Nachdruck vertreten hatte. Erst heute bin ich imstande, mir selbst einzugestehen, daß Wagner dieser meiner Fürsorge weder Dank noch Anerkennung gezollt hat; und erst heute begreife ich, daß diese Fürsorglichkeit ihren Ursprung in meinem Gefühl der Unzulänglichkeit hatte. Auch ich war von Wagners Ansehen eingeschüchtert, und mich trieb nicht so sehr der Wunsch, ihn zu kritisieren, als vielmehr für das, was ich erschaffen hatte, seine Achtung und Anerkennung zu gewinnen. Wagner jedoch nahm Anstoß an meiner so gelinden Kritik, was ich mir all die Jahre nicht habe erklären können. Ich konnte nur mir selbst die Schuld daran geben, und erst heute kann ich offen zugeben, daß Wagner und die Kommission mich damals nur deshalb einschüchtern konnten, weil ich nicht in der Lage war, meinen moralischen Angriff durch eine psychologische Theorie zu untermauern.

In meiner Besessenheit, diese umwälzenden Ereignisse in meinem Leben in den Griff zu bekommen, schrieb ich, daß die moralische Kraft unserer Führer aus einer psychologischen Quelle stamme, die in keinem Sinne eine moralische genannt werden könne. Ich argumentierte, daß sich aus dem realen oder eingebildeten Wunsch der Söhne, den Vater zu töten, ein alles durchdringendes Schuldgefühl entwickelt habe, von dem die Söhne sich nicht selbst befreien könnten. Dies sei die Basis der moralischen Autorität.

Dabei muß ich im Hinterkopf ständig an die jungen Männer gedacht haben, die Wagner als »Simulanten« bezeichnet und gefoltert hatte. Je mehr ich über unsere Schuldgefühle schrieb, desto deutlicher wurde mir bewußt, daß ich auch hier zu erklären versäumte, was ich schon 1920 vor der Kommission nicht erklärt hatte. Daß nämlich die wahre Herausforderung der moralischen Autorität – und der psychoanalytischen Theorie – ebenjene jungen Männer waren.

Was ich damals falsch verstanden hatte, war die Psychologie der jungen Männer, deren Folterung Wagner für angemessen hielt. Ich hatte angedeutet, daß ihre Neurosen mit Hilfe der Psychoanalyse hätten »geheilt« werden können, da es sich bei diesen Neurosen um die Folge unbewußter Gefühlskonflikte handele. Aber damit wäre Wagners Folter lediglich durch eine »Gesprächsbehandlung« ersetzt worden. Ich war nicht weniger bereit als Wagner, die jungen Männer an die Front zurückzuschicken, und so konnte meine Kritik an Wagner natürlich keine Wirkung erzielen.

Ich hatte einen wichtigen Punkt in der Struktur unserer Psyche übersehen. Die jungen Männer, bei denen sich Lähmungserscheinungen zeigten, wollten den staatlichen Wahnsinn einfach nicht hinnehmen.[2] Sie waren ebenso-

2 Auch dieser Gedanke ist bei Freud ohne Beispiel. Nur einmal, 1897 in einem Brief an Fliess, deutete er etwas Ähnliches an: »Somit ist es ersichtlich, wie mit den Entwicklungsschüben das Kind von der Frömmigkeit,

wenig in der Lage, dem Staat zu widersprechen, wie sie ihre Ängste rechtfertigen konnten, weil in der Öffentlichkeit kein nennenswerter Protest dagegen erhoben wurde. Sie waren von jeglicher »moralischen« Autorität im Stich gelassen worden.

Aber nach ihren Erfahrungen an der Front waren sie, zumindest sich selbst gegenüber, nicht in der Lage, den Anspruch des Staates auf moralische Autorität zu rechtfertigen – sie konnten den Staat aber auch nicht zurückweisen. Die Medizin, die Wissenschaft und ihre Familien hatten sie im Stich gelassen. Sie hatten niemanden, an den sie sich wenden konnten, waren allein mit ihren Ängsten, die nicht nur aus dem Bedürfnis nach Selbsterhaltung rührten, sondern auch aus der mehr oder weniger instinktiven Erkenntnis, daß die Lage, in die man sie gebracht hatte, eine absurde und durch nichts zu rechtfertigende war. Aber sie vermochten eben nicht zu artikulieren, was genau sie beunruhigte, da kein gesellschaftliches oder familiäres Gefüge existierte, das ihnen mit Verständnis oder Hilfe entgegengekommen wäre. Sie hatten Angst vor etwas, das weder sie selbst noch sonst irgend jemand zu verstehen schien, und sie reagierten auf die in solch einer Situation einzig angemessene Weise: sie entwickelten physische Lähmungen. Ihre Gelähmtheit war sowohl eine symbolische

Scham u. dgl. überzogen wird und wie das Ausbleiben solchen Unterganges sexueller Zonen die Moral Insanity als Entwicklungshemmung produzieren kann.« (Freud: *Briefe an Wilhelm Fliess 1887–1904*, Frankfurt am Main 1986, S. 303; der Ausdruck »Moral Insanity« steht so in Freuds Brief.) Im *Manuskript* steht die sexuelle Entwicklung natürlich nicht mehr zur Debatte. Es ist der Wahnsinn der Obrigkeit, der psychische und physische Lähmung herbeiführt.

Reaktion auf Umstände, die außerhalb jeglicher Kontrolle lagen, als auch die perfekte Lösung eines vollkommen hoffnungslosen Dilemmas.

Aber, so können wir uns fragen, welche psychologischen Mechanismen mögen nun diese Lähmung herbeiführen? Unmittelbar leuchtet ein, daß diese jungen Männer die Fähigkeit zur Selbsttäuschung eingebüßt haben. Sie können sich nicht mehr über ihren Status innerhalb der Gesellschaft täuschen – sie können die Rolle des »Helden« oder des »Patrioten« nicht mehr akzeptieren –, und sie können sich nicht mehr über ihre Fähigkeit täuschen, andere davon zu überzeugen, daß es auf der Welt nicht mit rechten Dingen zugeht. Sie können den Staat oder irgendeine andere Autorität nicht mehr akzeptieren, weil das Akzeptieren von Autorität eine Form von Selbsttäuschung ist. Autorität – der Staat – gibt vor, alles zu wissen, universale Einsicht zu besitzen – ein Anspruch, den diese jungen Männer, auch wenn sie den Gedanken nicht unbedingt zu formulieren wüßten, inzwischen als hohle Phrase erkannt haben.

Wir stehen hier an der Grenzlinie zwischen Physis und Psyche, und die künftige Forschung wird uns erklären müssen, auf welchem Weg der Verlust der Selbsttäuschung zur körperlichen Lähmung führt. Nach meiner Überzeugung sind Individuen sehr verschieden, aber es würde mich nicht überraschen, sollte sich herausstellen, daß die Unfähigkeit dieser jungen Männer, *sich weiterhin von*

3 Die »hysterische« Lähmung dieser jungen Männer bestätigt auf recht eindrucksvolle Weise die Ansicht, daß Gefühle die Irrationalität unseres Handelns verschleiern – mit anderen Worten, daß Gefühle den Kern unse-

ihren Gefühlen täuschen zu lassen, und ihre sich daraus ergebende Unfähigkeit, die eigenen Moralvorstellungen zu artikulieren, im Zentrum dieser Frage stehen.[3]

rer Selbsttäuschung bilden. Vgl. Freuds frühere Erörterung der Bedeutung von Gefühlen für die Selbsttäuschung, S. 66–67 sowie S. 66, Fußnote 8, mit dem Hinweis auf Stirnlappen-Syndrome, bei denen Affektverlust (Gefühlsverlust) zur Handlungsunfähigkeit (Lähmung) führt.

7. Eine veraltete Moral

1920 galt meine Sorge jedoch mehr meinem eigenen Verhältnis zur österreichischen Gesellschaft. Ich hatte angenommen, ich sei als Sachverständiger geladen worden, weil die Bedeutung meiner Arbeit nun endlich anerkannt werde, mußte aber bald erkennen, daß ich einer Selbsttäuschung erlegen war. Wagner und seine Mitarbeiter hatten mich lediglich als Schachfigur benutzt. Ich war außerstande, mich meinem Irrtum zu stellen, einem Irrtum sowohl intellektueller als auch persönlicher Natur, und in dem nun folgenden Jahrzehnt meiner obsessiven Beschäftigung mit dem Problem der Autorität kam mir nicht ein einziges Mal der Gedanke, daß die psychoanalytische Theorie mit einem schweren Makel behaftet war.

1928 erhielt Julius Wagner den Nobelpreis für seine Malariatherapie. Heute, keine zehn Jahre später, ist Wagners großartiges Heilverfahren für syphilitische Paralyse praktisch in Vergessenheit geraten.[1] Nach Wagners »Theo-

1 Der später von Freud gestrichene Schluß dieses Satzes lautet: »und etwas Treffenderes könnte auch ich selbst nicht über die Bedeutung von Preisen sagen, die höchstes Ansehen genießen und nachgerade zur Obsession wissenschaftlicher und auch literarischer Kreise geworden sind«. In Bernadette Schilders Abschrift des *Manuskripts* findet sich am Rand dieser Seite der folgende, von Freud geschriebene und wieder gestrichene Absatz:

rie« sollte eine Krankheit durch eine andere ersetzt werden – eine Idee, von der das Nobelpreiskomitee offenbar nicht wußte, daß sie auf Hippokrates oder gar noch frühere Zeiten zurückgeht. Patienten, die von Syphilis gelähmt waren, wurden von ihren Lähmungen »geheilt«, indem man sie mit Malaria infizierte. Freilich hat Wagner nur eine Form des Leidens durch eine andere ersetzt und die Lebenserwartung seiner Patienten ganz gewiß nicht erhöht. Andererseits unterschied sich Wagners »Heilmethode« auch nicht von jener anderen, die er zur Behandlung der hysterischen Lähmung der jungen österreichischen Soldaten vorgeschlagen hatte. Sie wurden durch Gewalt (Elektrotherapie) veranlaßt, an die Front zurückzukehren, genau wie die gelähmten Syphilitiker durch Gewalt (Injektion

»Einmal mit der Krone des Nobelpreises geschmückt, wurden Wagner und die Malariatherapie unantastbar. Niemand, der vorher Zweifel hegte, wagte noch ein Wort dagegen einzuwenden, nachdem das Nobelpreiskomitee Wagner und seine Therapie in den Rang von ›Unsterblichen‹ erhoben hatte. Aber hat jemals jemand die Frage gestellt, warum ein Mann, der das Dynamit erfunden hat und der sich selbst durch die Stiftung eines hochdotierten Preises unsterblich machen wollte, einen derart großen Einfluß auf das Denken vernünftiger Menschen haben sollte? Da werden Leute über Nacht berühmt gemacht, und wahrscheinlich sind gerade die Mühelosigkeit, mit der dies möglich scheint, sowie der außerordentliche Status der Preisträger der Anreiz dafür, jeglicher Form von Preisen nachzujagen. Wer gestern noch als gewöhnlicher Besessener im Schatten lebte, wird heute als Genie ins Licht gestellt. Noch merkwürdiger als die törichte Erhebung dieser Männer in einen Rang, der ihrer Bedeutung ganz und gar nicht angemessen ist, erscheint mir freilich, daß sie offenbar glauben, all die Aufmerksamkeit und Bewunderung, die man ihnen angedeihen läßt, tatsächlich verdient zu haben. Schlimmer noch, kaum sehen sie sich so verherrlicht, streben sie nach gar noch lauterem Beifall.«

Meine eigene Erfahrung beschränkt sich zwar nur auf einen Looker-Preisträger, Norman Dicke. Dennoch trifft alles, was Freud über Wagner und den Nobelpreis sagt, auch auf Dicke zu.

von Malariaerregern) wieder zum Gehen gebracht wurden. Offenbar hat Wagner alle Formen von Krankheit in gewissem Sinne als »Simulation« betrachtet.

Damals ärgerte es mich, daß Wagner diese Auszeichnung erhielt, weil ich der Überzeugung war, sie selbst viel eher verdient zu haben. Auch ich hatte erklärt, daß meine Patienten mit einer Form von Krankheit (Neurose) eine andere ersetzten, aber ich hielt meine psychologische Argumentation für zumindest subtiler, aufschlußreicher und letztlich weitaus bedeutsamer als Wagners Gedankengang.[2]

Was mich in den Wochen und Monaten nach Wagners Freispruch vielleicht am meisten beunruhigte, war die unabweisbare Erkenntnis, daß unsere Ansichten zur Moral einander auffällig ähnlich waren. Noch immer hatte ich nicht begriffen, vor welche Herausforderung unsere Soldaten uns gestellt hatten. Wagner und ich hatten sich jeder auf seine Weise die Vorstellung zu eigen gemacht, daß unsere Anerkennung von Autoritäten schwerwiegende psychologische Gründe haben mußte. Und wir beide machten uns keinerlei Gedanken darüber, welche Art von Moral die Autorität eigentlich repräsentieren mochte. Die Frage schien uns nebensächlich.

Um diesen Mangel an moralischem Gehalt zu beheben, hatte ich die These aufgestellt, daß unser Respekt vor Auto-

2 Auch hier fügte Freud noch eine Bemerkung an, die, obschon dick durchgestrichen, noch gut lesbar ist: »Was soll ich von dieser unschönen Geschichte (oder ist es ein Witz?) halten, die ich kürzlich gehört habe? Danach soll Thomas Mann mich für den Nobelpreis vorgeschlagen haben, solange ich ihn nicht für Literatur erhalte, und Albert Einstein, solange er ihn nicht für Naturwissenschaft erhält (jedenfalls nicht für Physik, da die Medizin ja kaum eine Wissenschaft zu nennen sei).« Die Quelle dieser Geschichte ist unbekannt.

ritäten auf Schuldgefühlen beruht: Ein tatsächliches oder eingebildetes Verbrechen – die Tötung des Vaters – habe dieses Schuldgefühl hervorgerufen und uns dazu gebracht, nachfolgenden Autoritätspersonen gegenüber gehorsam zu sein. Daraus, daß wir auch wegen lediglich imaginierter Ereignisse Schuldgefühle entwickeln, sei zu schließen, daß unser Handeln auf einem moralischen Fundament beruhe; wir unterscheiden zwischen Recht und Unrecht und legen entsprechende Maßstäbe an uns an. Ich glaubte einen ziemlich bemerkenswerten Zusammenhang zwischen Psychologie und Moral entdeckt und gezeigt zu haben, wie unser innerstes moralisches Wesen, uns selbst unbewußt, alle unsere Gedanken und Handlungen durchdringt.

Wir könnten versuchen, uns über die Befehle der Moral hinwegzusetzen, aber dann bekämen wir es unausweichlich mit unseren »Schuldgefühlen« zu tun. Vielleicht ist das Verlangen, wider unsere bessere Einsicht zu handeln, stärker als die Befehle der Moral, aber selbst wenn die Psyche diese Einsicht vor uns verbergen könnte, stünden wir doch immer vor einer ungeklärten Schuld, die sich oft genug als vages Gefühl der Unzufriedenheit äußert.[3]

3 Freuds Ansichten scheinen mir denen der Spieltheorie bemerkenswert ähnlich (vgl. von Neumanns Gespräch mit Anna Freud, S. 167–168) – Moral ist Strategie – und doch wesentlich weitreichender als diese, denn Freud versucht zu erklären, aus welchem *Bedürfnis* heraus man sich auf eine bestimmte Weise verhält. Wir werden, sagt Freud, von unseren Schuld*gefühlen getrieben.* Nach der Spieltheorie, könnte man sagen, werden wir getrieben von dem Wunsch, zu gewinnen; Gefühle sind dabei nicht notwendig. Der ganze Prozeß läßt sich auch auf einem Computer programmieren, und das Egoistische Gen, jene von den mit der Spieltheorie befaßten Biologen so geliebte elementare »biologische« Einheit, hat natürlich erst recht keine nennenswerten Gefühle. Andererseits würde ein Freudscher Roboter seine moralischen Skrupel durch *Schuldgefühle* manifestieren –

Für Wagner jedoch existierte nicht einmal Schuld – wir sind, was wir zu sein scheinen. Menschen sind entweder ehrlich oder Lügner. Die Lehre von der Verdrängung war ihm ein Greuel, weil sie behauptete, daß wir Dinge sagen könnten, die nicht wahr sind – etwa weil unser Gedächtnis uns täuscht –, während wir gleichzeitig glauben, die Wahrheit zu sagen. Der Gedanke, es könnte möglich sein, daß wir ehrlich sein wollen und es, ohne unser Wissen, dennoch nicht sind, erschien Wagner als moralisch verwerflich – und daher psychologisch unmöglich. Die Begriffe »recht« und »unrecht« verstanden sich für Wagner von selbst; sie hatten für ihn nichts Mehrdeutiges und boten ihm keinerlei Anlaß zum Zweifeln. Wie bei meinen Lehrern am Ende des vorigen Jahrhunderts wurden Wagners Vorstellungen von der Psychologie des Menschen durch seine begrenzte Auffassung von Moral bestimmt.

Mag auch meine Lehre von der Verdrängung ihre Grenzen haben, so wurde sie doch als Antwort auf jene allzu schlichten Vorstellungen von Psychologie und Moral konzipiert. Denn für mich stand fest, daß der Psychologie Wagners eine Reihe überaus starrer, konformistischer Moralvorstellungen zugrunde lag. Seine Theorie der Psychologie entstammte wie gesagt seinen Moralvorstellungen.

Und daher beschloß ich, die Gleichung umzukehren, die komplexen Vieldeutigkeiten unserer Psychologie darzulegen und zu zeigen, daß unsere gesellschaftlichen Regeln – bis hin zu unseren Vorstellungen von »recht« und

nur daß ein zu Schuldgefühlen fähiger Roboter zur Zeit noch weit jenseits unserer technischen Möglichkeiten steht. Aber so tief Freuds Gedankengang hier auch sein mag, verwirft er ihn doch im folgenden Kapitel.

»unrecht« – zumindest teilweise die Folge jener Vieldeutigkeiten sind. So wie das als Sonnensystem gedachte Atommodell den Physikern den wichtigen ersten Schritt zum Verständnis des inneren Aufbaus des Atoms erlaubte – ein Modell, das sie inzwischen wieder fallengelassen haben –, verhalf meine Theorie der Verdrängung mir zu der wichtigen ersten Erkenntnis von den Zusammenhängen zwischen psychologischen Vieldeutigkeiten und Moral.

In Wagners Gedankengang steckte allerdings die nicht näher erläuterte Annahme, die Obrigkeit habe ein Recht darauf, von uns Gehorsam zu verlangen. Es ging demnach um blinden Glauben, denn der »Patriotismus« bedurfte keiner Rechtfertigung. Am Ende bietet dies eine Erklärung für Wagners Behandlungsmethoden, ob es nun um unsere Soldaten ging oder um die syphilitische Paralyse, für deren »Heilung« er den Nobelpreis bekam. Diese Heilungen waren jedoch selten von Dauer, mit der Folge, daß die Brutalität der Methode nun erst recht gesteigert werden mußte.

Meine Überzeugung, daß Schuldgefühle den Kern aller Moral bildeten, wurde auch durch die beunruhigende Nachricht von der Verleihung des Nobelpreises an Wagner nicht erschüttert. Möglicherweise verstärkte dieser Vorgang sogar meine Überzeugung, denn er vermittelte mir das Gefühl, meine Argumentation sei subtiler – und moralischer – als die Wagners. Aber je tiefer ich in meine Ideen von Moral und Psychologie einzudringen versuchte, desto deutlicher wurde mir, daß ich mich im Kreis bewegte.

Erst als ich mich der Frage nach der Psychologie des Führers zuwandte, erkannte ich plötzlich meinen Irrtum. Erst da wurde mir das befremdliche Versäumnis klar, daß ich ständig von Moral gesprochen hatte, ohne mich auch nur ein einziges Mal mit dem Problem der Autorität zu beschäftigen. Ich hatte mich nie gefragt, ob es für die ambivalente Haltung gegenüber Autoritäten – bis hin zu dem Wunsch, sie zu töten –, die ich bei Neurotikern so häufig beobachtet hatte, nicht vielleicht eine Rechtfertigung geben könnte.

Für mich war die Psychoanalyse immer nur ein erster Schritt zum Verständnis der menschlichen Psyche. Wenn die Psychoanalyse, und das schien mir unausweichlich, eines Tages durch eine bessere und vollständigere Theorie ersetzt werden sollte, so mußten unsere Entdeckungen und die daraus sich ergebenden Fortschritte der Theorie zunächst einmal ein festes Fundament erhalten. Wenn neue Entdeckungen dies erforderlich machten, habe ich nie gezögert, auch fundamentale Vorstellungen der psychoanalytischen Theorie einer Revision zu unterziehen. Dabei haben eine mir feindlich gesinnte Ärzteschaft und eine gleichermaßen feindselige Öffentlichkeit meine Aufgabe ganz und gar nicht erleichtert. Daß ich unsere Leistungen ständig verteidigen mußte, hat wertvolle Zeit gekostet, die ich besser zur Vervollkommnung der Theorie hätte verwenden können. Unvermeidlich konzentrierte ich meine Bemühungen auf jene Gebiete, auf denen wir unsere größten Erfolge hatten: die Neurosen. In meiner Klinik sah ich Patienten, die schwerwiegende Probleme mit Autoritätsfiguren hatten – nur die Autoritäten selbst sah ich nicht. Dies aber war ein Versäumnis, dem ich mich erst jetzt zu stellen vermag.

8. Megalomanie

I

Bei der Korrektur der Fahnenabzüge meines Buches *Der Mann Moses und die monotheistische Religion* sah ich plötzlich alles ganz klar – meine obsessive, mehr als vier Jahrzehnte währende Beschäftigung mit Moses, meine Unfähigkeit, mich 1920 der Demütigung und dem Versagen vor der österreichischen Kommission zu stellen, Wagners Verleugnung seiner Rolle im Hellbach-Prozeß, die durch den von ihm nur auf polnisch veröffentlichten Nachruf auf seinen Freund und Kollegen Kozlowski offenkundig geworden war.

Auf einmal sah ich, was mir bis dahin entgangen war. Es war folgendes:

Autorität ist ihrem Wesen nach psychotisch – und dies ist eine Form von Megalomanie.[1] Sie ist psychotisch, weil sie für sich pauschal in Anspruch nimmt, die Welt zu verstehen, und weil sie als Konsequenz dieses Anspruchs keinerlei Kritik, auch nicht die belangloseste, tolerieren kann. Sie ist psychotisch, weil sie ihre Autorität mit allen Mitteln,

1 Es überrascht wohl kaum, daß mehrere Leser, die vor Veröffentlichung des *Manuskripts* um einen Kommentar gebeten wurden, sich insbesondere an Freuds Bemerkung stießen, Autorität sei psychotisch. Eine Auswahl dieser Kommentare findet sich in den Anmerkungen, S. 182–183.

bis hin zur Gewalt, verteidigt, denn da sie allein die Welt in vollem Umfange versteht, kann ja ein anderes Individuum weder ihre Ansichten teilen noch begreifen, worauf sich ihre Autorität gründet; und psychotisch ist sie schließlich, weil sie auf illusorischen Vorstellungen beruht, die nicht selten absichtlich dunkle und unverständliche Argumente mit Banalitäten kombiniert, die, ohne daß dies eingestanden wird, den Werken anderer entnommen sind. Gerechtfertigt wird dieser Obskurantismus durch die pauschale Sichtweise des Psychotikers (oder Megalomanen) – nur er ist der wahren Erkenntnis der Welt teilhaftig.

Die Gesetze sind unsere ältesten und dauerhaftesten Beispiele für das Wirken des Psychotikers (oder Megalomanen): Sie sind absolut, allwissend (sie definieren, was Wissen ist, was Recht und Unrecht ist), willkürlich und undurchschaubar (was erklärt, warum es überhaupt Anwälte, Richter und den ganzen Justizapparat geben muß).

Es verwundert wohl niemanden, daß die Psychoanalyse an neurotischen Patienten ein ambivalentes und häufig diffuses Schuldgefühl festgestellt hat. Aber wir sind unseren Patienten nicht gerecht geworden, da wir die wahre Bedeutung dieser Ambivalenz nicht begriffen haben.[2]

2 Thomas Szasz hat einige dieser Ideen 1974 wie folgt zusammengefaßt: »Zweifel verhält sich zur Gewißheit wie Neurose zur Psychose. Der Neurotiker lebt in Zweifeln und fürchtet sich vor Personen und Gegenständen; der Psychotiker lebt mit Überzeugungen und leitet Ansprüche daraus ab. Kurz: der Neurotiker hat Probleme, der Psychotiker hat Lösungen.« (Thomas Szasz: *The Age of Madness*, New York 1974.)

II

Es stimmt, daß ich Julius Wagner immer für einen alten Schulkameraden gehalten habe.[3] In den Jahren nach dem Medizinstudium begann ich jene Ideen auszuformen, die sich schließlich zum Kern der psychoanalytischen Theorie entwickelten. Ich fühlte mich tatsächlich, wie ich gesagt habe, von ihm eingeschüchtert. Ich schämte mich, ihm meine Gedanken auch nur in groben Umrissen darzulegen, aus Angst, er würde meine Vorstellungen zurückweisen. Und ich fürchtete ihn, weil seine Selbstsicherheit auf mich bedrückend wirkte. Er erschien mir als jemand, der wußte, was falsch und was richtig ist, und ich hielt meine Vorstel-

3 Den folgenden Abschnitt des 8. Kapitels des *Manuskripts* wollte Freud offenbar noch überarbeiten. Da jedoch die Randbemerkungen in Bernadette Schilders Abschrift nicht vollständig zu entziffern sind, halte ich es für klüger, keine Spekulationen darüber anzustellen, wie er dieses Kapitel umformuliert haben würde, wenn er mehr Zeit gehabt hätte. Allgemein gesagt, scheint er in bezug auf den Vergleich zwischen Hellbach und Wagner gewisse Befürchtungen gehegt zu haben. Ich habe mich entschieden, das Kapitel dennoch ungekürzt abzudrucken, da hier Freuds Interpretation der megalomanen Persönlichkeit anschaulich wird, eine Interpretation, die durch neuere klinische Studien überzeugend gestützt wurde. Vgl. zum Beispiel John Young u. a.: »The physiological basis of the ›megalomanical‹ personality: inhibitory mechanisms in the temporal complex«, *Proceedings of the National Academy of Sciences* 45 (1998), S. 2341–2447. Vgl. auch Bernard Held: »Prozac and Personality Changes«, *The New England Journal of Medicine* 79 (1997), S. 220–223. Von SONY Labs in Tokio wurden einige interessante Experimente durchgeführt, nachzulesen in: »A robot that thinks about itself«, *Robotics* 3 (1999), S. 25–41.

Bernadette Schilder war ebenfalls der Meinung, daß ich dieses Kapitel beibehalten sollte. Sie sagte, es erinnere sie an einen bedeutenden Wissenschaftler, den sie vor kurzem kennengelernt habe. Und natürlich wird auch der Leser selbst bemerken, daß in diesen Zeilen etwas von Norman Dicke mitschwingt, so wie ich ihn in meiner Einführung geschildert habe.

lungen für zuwenig zusammenhängend, als daß ich sie ihm einigermaßen zuversichtlich hätte erklären können. Wagner war ein Mann, dessen Selbstbewußtsein, dessen zynische Geringschätzung der Gedanken und Gefühle anderer einen schier grenzenlosen Respekt einflößte.

Als dann aber ganz Wien von dem Vergewaltiger und von Kozlowskis Buch redete, zeigte mir ein Freund jenen Nachruf Wagners auf seinen ehemaligen Kollegen. Daß Wagner und Kozlowski eng zusammengearbeitet hatten, war mir schon seit 1920 bekannt. Kozlowski war bei der Untersuchung nicht zugegen, hatte aber einen Brief zu Wagners Verteidigung eingesandt, in welchem er erklärte, er habe niemals einen Soldaten gefoltert, sondern im Gegenteil einen Großteil seiner Zeit dazu aufgewandt, Patienten vermittels Suggestion und nicht etwa durch den tatsächlichen Gebrauch elektrischer Stromschläge zu behandeln. »Man muß«, schrieb er an die Kommission, »überhaupt die ganze den Arzt geistig und psychisch sehr erschöpfende Prozedur sich angeschaut haben, die Wirkungsweise u. Zusammenhang der *gleichzeitig* angewendeten *nicht* faradischen Mittel begreifen.« Er gab an, einem Exhibitionisten, der sich als eindeutig unheilbar erwiesen habe, mit Elektrotherapie gedroht zu haben, jedoch sei es bei dieser Drohung geblieben. Seine Drohreden vor den Zellen der eingekerkerten Soldaten bezeichnete er als »Suggestion, indem man etwas Geheimnisvolles u. sehr Wirksames zu machen ankündigt«. Er sei stolz darauf, gar manchen »Simulanten« an die Front zurückgeschickt zu haben, der nach einer leichten Elektrobehandlung plötzlich wieder habe gehen und seine Pflichten erfüllen können wie jeder andere ehrenwerte Soldat der Armee auch. Ja, manch ein Simulant habe ihm für die Behandlung gedankt und sei an die Front zurückgekehrt, um dort zu kämpfen und einen ehrenvollen Tod zu erleiden.[4]

Kozlowskis Nichterscheinen vor der Untersuchungskommission kam mir schon damals verdächtig vor. Und sein Brief stellte sich im Lichte sämtlicher Zeugenaussagen als ein einziges Gespinst von Lügen dar. Aber Wagner hielt zu seinem ehemaligen Kollegen. Ich habe das lange Zeit bewundert – bis ich schließlich seinen polnischen Nachruf auf Kozlowski las und mir auffiel, daß darin mit keinem Wort von dem Prozeß gegen Hellbach die Rede war.

Doch warum soviel Aufhebens um einen Vergewaltiger? Was hatte Kozlowski dazu bewogen, ein Buch über ihn zu schreiben und sich bei der Erwirkung eines Gnadengesuchs für diesen Mann Wagners Unterstützung zu erbitten? Als ich mich dann näher mit dem Prozeß beschäftigte, stellte sich mir der Vergewaltiger als faszinierende Persönlichkeit dar, und nach und nach begann ich zu begreifen, warum Wagner und Kozlowski sich so für ihn interessiert hatten.

Von den Zeitungen wurde er als ein Mann geschildert, der über höheres Wissen zu verfügen glaubte, das gewöhnliche Sterbliche niemals besitzen konnten. Er ignorierte die gegen ihn erhobenen Vorwürfe, ähnlich wie Kozlowski (und auch Wagner) die Vorwürfe der gefolterten Soldaten zurückgewiesen hatten. Er hielt sich an eine höhere und falsch verstandene Moral.

4 Der vollständige Brief in: Eissler, *op. cit.*, S. 271–275.

Der Vergewaltiger sagte dem Gericht: »Ob meine Ankläger vergewaltigt wurden oder nicht, kann ich nicht sagen. Ich war zu weit weg. Meine Herren, die Tatsachen dieses Falles gehen mich nichts an, aber nachdem ich mir die Beschuldigungen geduldig angehört habe, kann auch ich nichts anderes tun, als denjenigen zu verdammen, der diese Verbrechen begangen haben mag.«[5]

Wie Kozlowski und letztlich auch – als ich mehr über eine mir bis dahin unbekannte Seite Wagners erfuhr – wie Wagner äußerte sich der Vergewaltiger niemals wie ein Angeklagter, sondern als sei er der Anwalt eines Angeklagten. Alle drei, so begriff ich allmählich, hatten ein überlebensgroßes Bild von sich selbst erschaffen, gleich riesenhaften Ballons, an denen sie beharrlich festhielten, während ihre Mitmenschen sie beneideten, haßten, beschimpften und verdammten. Ihre Egos waren zu ballonartigen Auswüchsen geworden, die untrennbar mit ihren Besitzern, aufgeblasenen Karikaturen ihrer selbst, verbunden waren.

Auf diese Weise gelang es ihnen, sich als höhere moralische Autoritäten zu etablieren, die über alle irdischen Vor-

5 Luc Tangorre, der an früherer Stelle erwähnte französische Vergewaltiger (s. S. 70 und 73), erklärte vor Gericht: »*La réalité des viols, ce n'est pas mon problème. La réalité des faits, ça ne me concerne pas.*« (»Die Wirklichkeit der Vergewaltigungen ist nicht mein Problem. Die Wirklichkeit der Tatsachen geht mich nichts an.«) Nach Verlesung der Anklage sagte er: »*Après avoir lu un réquisitoire qui est accablant, moi le premier je condamnerais celui qui est concerné. Mais ces éléments ne correspondent pas à la réalité.*« (»Nachdem ich die Vorwürfe [Anklage] gehört habe, die in der Tat sehr belastend sind, wäre ich der erste, der den Täter verurteilen würde. Aber das alles hat keine Entsprechung in der Wirklichkeit«; zitiert nach *Le Monde*: »Luc Tangorre s'estime victime d'une manipulation.« [»Luc Tangorre hält sich für das Opfer einer Manipulation.«], 5. Februar 1992, S. 13.)

gänge und Urteile erhaben waren. Immer wieder stieß ich auf eine Phrase, die ich bereits von einigen meiner Patienten kannte und die ich immer für ein Schuldeingeständnis gehalten hatte. Der Vergewaltiger, Kozlowski und Wagner verleugneten, was sie selbst gesagt hatten, ständig mit den Worten: »Ich habe das nie gesagt.«

Das Außergewöhnliche daran war nicht, daß es sich hier, wie ich bei meinen Patienten angenommen hatte, um ein Schuldeingeständnis handelte, sondern im Gegenteil um die Behauptung, sie stünden über dem Urteil anderer Sterblicher. Der Vergewaltiger hat seine Tat niemals zugegeben. Er hat sie als furchtbares Verbrechen verurteilt, so wie Wagner und Kozlowski den Einsatz von Elektrotherapie zu Folterzwecken verurteilt haben. Und doch hat der eine vergewaltigt und haben die anderen gefoltert. Und keiner von ihnen hat sich für schuldig gehalten. Der Vergewaltiger hat sich sowenig als Vergewaltiger gesehen, wie Wagner und Kozlowski sich als Folterer gesehen haben.

Meine Patienten wären froh gewesen, wenn sie die Möglichkeit gehabt hätten, ihre Schuld herauszuschreien. Kein Wunder, daß analytische Behandlungen sich so endlos hinziehen. Ich habe Schuldgefühle und Selbstgeißelung zu Kardinaltugenden erhoben. Aber der Vergewaltiger, Kozlowski und Wagner hätten sich niemals irgendeiner Form von Analyse unterziehen lassen.

Es gab hier ein eigenartiges Geflecht von Beziehungen, das von der analytischen Theorie übersehen worden war, einen Zusammenhang von Gewalt, außerordentlich aufgeblasenen Egos, die eine allumfassende Sicht der Dinge hatten, und kaltblütigem Leugnen. Ich kam zu der Überzeugung, daß ich, wenn ich die psychologischen Wurzeln der Moral jemals verstehen wollte, zuerst einmal diesen Zusammenhang verstehen mußte.

Als der Freund, der mir Wagners Nachruf auf Kozlowski gezeigt hatte, mir mehr von Wagner erzählte, fiel mir eine seltsame Parallele zwischen Wagner und dem Vergewaltiger auf. Niemand, weder Freunde noch Kollegen oder Mitarbeiter, wußte irgend etwas über sie zu sagen. Und das wenige, was überhaupt jemand von ihnen zu wissen glauben mochte, war mit Sicherheit nicht richtig.

Wagner, so erfuhr ich von meinem Freund, war immer stolz auf seine Fähigkeit gewesen, seine Vorhaben in äußerster Heimlichkeit durchzuführen. Er hielt sich für einen Meister in der Kunst des Fallenstellens, und während des Krieges erging er sich gern in der Vorstellung, ein großer Spion zu sein. In den letzten Jahren hat er sich bei seinen wissenschaftlichen Forschungen Al Capone zum Vorbild gewählt. Seit der Verleihung des Nobelpreises behauptet er ständig, alle seine Aktivitäten seien Bestandteil seiner wissenschaftlichen Untersuchungen. Ehemalige Kollegen erzählen von nächtlichen Sitzungen in Kaffeehäusern, wo er über seine neuesten wissenschaftlichen Ideen berichtete.

Wenn er dann in den frühen Morgenstunden aufbrach, behauptete er, seine Frau reagiere sehr ärgerlich, wenn er um vier Uhr morgens nach Hause käme, aber er müsse nun ins Laboratorium und weiterarbeiten. Dann sah er dem Kollegen nach, bis er außer Sichtweite war. Natürlich hegten manche seiner Kollegen den Verdacht, er habe eine Mätresse, und zweifellos lag Wagner daran, ebendiesen Eindruck zu erwecken. Dabei ging er weder ins Laboratorium noch zu einer Mätresse. Mit seiner Frau lebt Wagner schon seit Jahren nicht mehr zusammen. Er taucht allenfalls einmal die Woche unangemeldet bei ihr auf.

Tatsächlich begab er sich zu einer kleinen Dachwohnung, die er unweit seiner Klinik in Wien gemietet hat. An den Wänden hängen nur Bilder von ihm selbst – Photographien, auf denen ihm der schwedische König die Hand schüttelt, auf denen er mit der Frau des Königs und anderen Damen des schwedischen Hofes tanzt. Oft sitzt er stundenlang wie mesmerisiert vor diesen Bildern. Gelegentlich betrachtet er sich in einem der vielen Spiegel an den Wänden seiner Mansarde und trägt dazu, um die kahle Stelle auf seinem Kopf zu verbergen, eine der zahlreichen Perücken, die er sorgfältig in einer Schublade aufbewahrt. Schon als Student strich Wagner sich beim Sprechen über den kahlen Hinterkopf und drückte mit dem Zeigefinger die Nasenspitze nach oben.[6]

Ich nehme an, Wagner bildete sich ein, daß alles, was er tat, die Fähigkeiten normaler Menschen übersteige. Seine Heimlichtuerei war ein Zeichen für sein ungewöhnliches Wesen und nötigte, so glaubte er, zur Bewunderung. In Anbetracht seiner außerordentlichen Arbeit, die ihm in der Zukunft noch mehr Auszeichnungen und einen Platz im Pantheon der größten Denker aller Zeiten einbringen würde, mußte er natürlich allen mit Mißtrauen begegnen, die seine Gedanken stehlen oder plagiieren konnten. Er

6 Unklar bleibt, ob es sich bei der Quelle für Freuds Ausführungen um seinen »Freund« handelt oder ob Freud sich hier gewisse Freiheiten herausnimmt, indem er Erinnerungen an Wagner aus der gemeinsamen Studienzeit ausbreitet.

achtete auf jedes seiner Worte, ob er sie sprach oder dem Papier anvertraute. So haftete seinem Handeln stets etwas Geheimnisvolles an, das von vielen falsch verstanden wurde.

Und ebendieses Ungewöhnliche sollte jegliche kleineren Charakterfehler entschuldigen, die gelegentlich bei ihm zutage traten. Er hatte ein Recht auf solche Fehler; gewöhnliche Menschen hatten nur solche Fehler und sonst nichts. Und eben deshalb hatte er das Recht, ja sogar die Pflicht, das Handeln anderer zu lenken – nicht nur in ihrem eigenen Interesse, sondern auch in dem der Öffentlichkeit.

Hellbach hatte auf seine Weise ebenfalls glänzenden Erfolg in diesem Spiel. Er war wegen Vergewaltigung verhaftet und schließlich vom Präsidenten der Republik freigesprochen worden. Auch er konnte nicht glauben, daß irgend jemand seine Ablenkungsmanöver zu durchschauen vermochte. Was für Wagner der Nobelpreis war, war für Hellbach der Freispruch durch den Präsidenten der Republik. Beide waren von den höchsten Autoritäten der Welt anerkannt worden.

Und diejenigen, die Wagner oder Hellbach herausforderten, mußten vernichtet werden, so wie Nationen diejenigen vernichten, die ihre Macht herausfordern. Sie übten Gewalt und Intoleranz gegen alle, die ihnen keine Bewunderung entgegenbrachten. Den Kern ihres Erfolgs bildete die Fähigkeit zu täuschen, aber weder sie noch ihre Bewunderer haben diese Erkenntnis jemals in Worte gefaßt.

Die Achtung und Bewunderung, die ein Wagner oder ein Hellbach abnötigten, waren jedoch zwangsläufig zeitlich begrenzt. Irgendwann kamen auch gewöhnliche Köpfe auf die Idee, sie könnten tun, was ein Wagner getan habe, ohne dabei zu begreifen, daß *jeder Gedanke*, den sie jemals hatten, von Wagner herrührte. Solange sie ihm ergeben waren, verinnerlichten sie sein Genie, seine Art zu denken, und schließlich wußten sie selbst nicht mehr, woher ihre Ideen kamen. Sie logen und betrogen. Wagner und Hellbach konnten nicht lügen, weil sie die Kunst des Lügens bis zu einem Punkt vervollkommnet hatten, an dem die Wahrheit gar nicht mehr erkennbar war. Sie hatten so konsequent gelogen und waren für ihre Lügen und Betrügereien auch noch so geehrt worden, daß sie eine ganz eigene Weltsicht entwickelten, in die nur sie selbst eingeweiht sein konnten.

Diese Männer offenbarten sich ständig in »heiligen Texten« (Wagners »Theorie« und die späteren Ergänzungen dazu; Hellbachs von Journalisten aufgezeichnete Bemerkungen), die immer nur neue Rätsel aufstellten. Logische Widersprüche bewiesen allenfalls die Beschränktheit der anderen, denn Widersprüche, selbst solche krasser Art, verschwanden ja, sobald man das Ganze zu erfassen vermochte. Gewiß erschien Wagner als Lügner, Betrüger und Dieb, so wie Hellbach als Vergewaltiger erschien.

Wagner wurde häufig mit den Worten zitiert: »Ich habe nicht mein ganzes Leben lang gelogen und betrogen, um mir jetzt von irgendeinem jämmerlichen Niemand die Schau stehlen zu lassen.«

Das hatte er gesagt, weil gewöhnliche Sterbliche unmöglich verstehen konnten, wovon er eigentlich redete. Wenn ein Polizist sich als treues Mitglied einer Diebesbande ausgibt, um sie in die Falle zu locken – ist er dann ein Lügner und Betrüger? Oder hilft er, die gesellschaftliche Ordnung aufrechtzuerhalten? Er verfolgt einen höheren Zweck, den die Mitglieder der Bande niemals verstehen können.

Ungewöhnlich an Hellbach und Wagner war die absolute Überzeugtheit, aus der heraus sie handelten. Es war nicht ihr Bestreben, die Welt zu täuschen, selbst wenn gerade im Täuschen ihr größtes Talent bestand. Nein, Wagner und Hellbach lebten in der Überzeugung, sie besäßen allumfassendes Wissen und Verständnis und könnten daher von gewöhnlichen Sterblichen in keiner Weise beurteilt werden.

An einer Eigenschaft freilich mangelte es ihnen: Sie verfügten über kein Schuldbewußtsein. Und als ich das erkannt hatte, begann ich die Ursprünge moralischer Autorität in der Psyche des Menschen neu zu überdenken.

III

Wir wissen seit langem, daß der Narzißmus, bekanntlich eine infantile Entwicklungsstufe, durch die Kritik anderer beeinträchtigt wird. Die Psychoanalyse hat gezeigt, daß das Kind wiederzuerlangen sucht, was ich »die narzißtische Vollkommenheit seiner Kindheit« genannt habe, indem es sich etwas erschafft, das ich früher das »Ich-Ideal« genannt habe und heute, nach weiteren Untersuchungen, das »Über-Ich« nenne – die Aufnahme der Kritik von Eltern und anderen Autoritätspersonen in die Psyche. Nach der psychoanalytischen Theorie entspricht das Über-Ich dem, was wir in der Alltagssprache »Gewissen« nennen; und wir kennen manche Patienten mit paranoiden Wahnvorstellungen, sie stünden »unter Beobachtung«, worin nichts anderes als die Kritik ihres Über-Ichs zu sehen ist.[7]

Das Über-Ich schien mir demnach die Instanz unseres moralischen Urteils zu sein. Wenn aber unser moralisches Urteil aus der Kritik von Autoritätspersonen herrührt – was war dann die Quelle dieser Kritik? Welcher Art waren die den Kindern gegebenen Regeln, die ihnen Gehorsam auferlegten? Anders gefragt: Wie haben die Autoritäten ihre Regeln gerechtfertigt? Und was hat sie überhaupt dazu gebracht, uns irgendwelche Regeln zu geben?

Der Grund dafür, daß ich diesen Fragen in der Vergangenheit ausgewichen war beziehungsweise nie darüber nachgedacht hatte, war meine unumstößliche Überzeu-

7 Im *Manuskript* schließt sich hier folgende Passage an:
»Machen Menschen (wie zum Beispiel Wagner) sich selbst zu Helden, und zwar nicht durch ihr Denken und Handeln, sondern durch falsche Darstellung ihrer Taten, durch außerordentliche Überschätzung ihres Wertes und ihrer Bedeutung von seiten anderer, die, verliebt in ihre Helden wie auch in sich selbst (wie zum Beispiel Kozlowski), auf Kosten derer, die aus der Geschichte verbannt wurden, ›blinde Flecken‹ entwickeln? Kozlowski wurde durch seinen Narzißmus zum Opfer einer höchst eigenartigen Form von Liebe, einer Form von Heldenverehrung, welche ihn den geliebten Gegenstand und vermittels dieses geliebten Gegenstandes sich selbst so sehr überschätzen ließ, daß er anderen Menschen geradezu die Existenz absprechen mußte. Die Bezeichnung Narzißmus ist vielleicht falsch gewählt, denn der wahre Wert des Narzißten, seine wahre Liebe zu sich selbst, ist nur möglich vermittels eines anderen, dem er Eigenschaften beimessen kann, die seine eigenen steigern und ins Gleichgewicht bringen.«

Der Rest der Seite ist stark verschmutzt und nicht mehr zu entziffern. Natürlich läßt uns diese bemerkenswerte Passage an einige der verheerendsten Tyranneien der Geschichte denken, die sich, als Freud dies schrieb, noch im Frühstadium befanden – Stalin und Beria, Hitler und Speer. Diese Tyrannen hatten allumfassende, hochfliegende Pläne für die Zukunft, und

gung, daß wir über eine moralische Natur als solche verfügen, welche geradezu den Kern unserer psychologischen Entwicklung ausmacht. Mein Einwand gegen unsere großen Moralphilosophen war nicht der, daß es so etwas wie Moral gar nicht geben könne, sondern im Gegenteil, daß dieselbe als eine feste Komponente unserer Psyche zwangsläufig unlösbare Konflikte herbeiführe, da wir eben auch Wünsche haben, die uns dazu treiben, uns unserer moralischen Natur entgegenzustellen. Unser Alltagsverhalten, so argumentierte ich, spiegele unsere unbewußten und unbefriedigenden Versuche wider, diese widersprüchlichen Forderungen zu erfüllen; auf die Dauer könnten wir diese Last nicht ertragen und täten schließlich uns selbst und anderen Gewalt an. Was ich an den Denkern der Vergangenheit kritisiert hatte, war die Vorstellung, Moral, ein absolutes »Gutes«, könne zum Leitprinzip des Verhaltens werden, denn wir seien mehr als das moralische Ich, das wir, wie ich damals glaubte, in der Kindheit erworben haben.

Wie mir nun klar wurde, besteht einer der Gründe für unsere Ablehnung von Moralvorschriften in der uneingestandenen Erkenntnis, daß es den Ursprüngen dieser von uns in der Kindheit verinnerlichten Vorschriften selbst an

ihre narzißtischen Anhänger »vergaßen«, veränderten die Vergangenheit auf Kosten von Sündenböcken der Geschichte, und das selbst dann noch, als die Führer längst verschwunden waren.

Man bemerke, daß die in dieser Passage vorgetragene Darstellung des Narzißmus sich radikal von der bekannten Darstellung unterscheidet, die Freud zuerst 1914 in seinem Aufsatz »Zur Einführung des Narzißmus« veröffentlicht hat. Der Text des *Manuskripts* deckt sich dagegen inhaltlich mit Freuds Aufsatz von 1914.

jedem moralischen Gehalt mangelt – ein noch schwerer wiegender Grund hierfür ist das vage Gefühl, daß diejenigen, die Anspruch auf moralische Autorität erheben, eine Psychologie haben, die von der unseren sehr verschieden ist. Angst, Unwissenheit und Einschüchterung haben uns davon abgehalten zu untersuchen, worin genau die Andersartigkeit dieser »moralischen« Autorität bestand. Und Angst und Einschüchterung haben eben deshalb funktioniert, weil wir weder wußten noch verstehen konnten, was uns denn so sehr von unseren moralischen Lehrmeistern unterschied. Wir waren naturgemäß überzeugt – unsere Psychologie zwang uns zu glauben –, daß wir irgendeine moralische Autorität nötig hatten, da wir uns ohne eine solche nur das Chaos denken konnten, das sich daraus ergeben mußte.

Ich will jetzt nicht daran denken, was aus der Welt werden könnte, wenn einmal die wahren psychologischen Quellen unserer moralischen Vorschriften entdeckt sind, was bei fortschreitender Erkenntnis gewiß eines Tages der Fall sein wird. Die Herausforderungen an elterliche und politische Autorität werden so groß sein, daß die familiären und politischen Institutionen, wie wir sie heute kennen, dabei gewiß zugrunde gehen werden.

Es war ein Irrtum von mir, zu glauben, unsere Schuldgefühle müßten uns eines Tages überwältigen. Mit wachsender Selbsterkenntnis werden uns nicht Schuldgefühle, sondern ein gewaltiges moralisches Vakuum überwältigen, das unerträglich werden und zur Entfesselung zerstörerischer Kräfte führen kann, wie sie die Welt noch nicht erlebt hat. Um an die Ursprünge unserer Moral zu gelangen, müssen wir über die Neurosen hinausgehen, die mich so lange Zeit beschäftigt haben. Wir müssen uns jetzt den Wurzeln unserer Moral im psychotischen Verhalten stellen, und die Überreste dieses Verhaltens im Alltagsleben finden wir, wie ich bereits gesagt habe, in unserer Selbsttäuschung.

Denn wenn wir vom »Wert« eines Menschen sprechen, glauben wir doch zweifellos, ein moralisches Urteil abzugeben. Und doch, wenn wir einmal kurz darüber nachdenken, wissen wir alle, daß Menschen von Wert, Menschen, die Staaten lenken oder große Reichtümer besitzen, ja selbst Menschen, die große wissenschaftliche oder geistige Leistungen vollbringen, nur sehr selten tatsächlich an ihren Ruf heranreichen.

Wir wissen, wagen es aber nicht auszusprechen, daß der »Wert« eines Menschen in seiner Fähigkeit besteht, zu täuschen, auf Umstände, in denen seine Unwissenheit eine absolute ist, zu reagieren, ohne sich auch nur im geringsten anmerken zu lassen, wie unwissend er in Wirklichkeit ist. Das Studium der menschlichen Geschichte fördert dies als einzige und ewige Wahrheit zutage, als Ursprung aller Erfindungen, als Triebkraft der Zivilisation, als Fundament der größten Leistungen und Ruhmestaten der Menschheit. Diese Erkenntnis ist die zerklüftete Küste, an welcher das glänzende Schiff des Ruhmes zerschellt ist. Sie ist die Wurzel der Psychologie des Menschen, ihr Ursprung, ihre Quelle, der unerforschliche Brunnen des Bösen.

Wir haben oft zaudernd davor gestanden, es aber nie gewagt, uns in die Tiefe zu stürzen. Keiner von uns war so stark, aufzustehen und zu sagen: »Betrug ist das Wesen des Menschen.« Statt dessen haben wir uns alle Mühe gegeben, großen Betrug als Ruhmestat und kleinen Betrug als Verbrechen auszugeben. Wir haben Betrug aus der Ferne bewundert und sind einer allzu genauen Betrachtung aus dem Weg gegangen – allenfalls in kleineren Erscheinungsformen haben wir ihn verurteilt. Betrug ist die gängige Münze in der Psychologie des Alltags, er ist das Fundament, das wir nicht zu durchbohren vermögen.

Wir haben dies nicht, wie ich gehofft hatte, aus der Analyse gelernt, sondern aus der Beobachtung psychotischen Verhaltens in unserer Mitte.

Tatsächlich lernen wir aus diesem pathologischen Befund, daß Patienten, die Worte wie »das Wichtige«, »das Wesentliche« oder »die großen Fragen der heutigen Zeit« im Munde führen, oft nur banale Ideen großartig aufblasen. Wenn ein Größenwahnsinniger uns sagt, es gebe nichts Wichtigeres, als diese oder jene Regel zu befolgen, dann interessiert ihn dabei nicht der Inhalt der Regel, sondern die Tatsache, daß es *seine* Regel ist.

Wenn wir die Psychologie des Menschen weiterentwickeln wollen, müssen wir klären, was »wichtig« eigentlich bedeutet. Es ist dieser Begriff jedoch ein schwankendes Trugbild, und solange wir nicht davon überzeugt sind, gibt es uns keine Orientierung, deprimiert es uns, ja verweigert es uns das Gefühl unserer Existenz. Der Vorteil des Psychotikers, des Megalomanen, ist sein unerschütterlicher Glaube an das, was wichtig ist.[8] Könnten wir

8 Auch hier beachte man wieder die wichtige Rolle, welche Gefühle bei der Entstehung von Glauben und Selbsttäuschung spielen (vgl. Fußnote 8 auf S. 66 und Fußnote 3 auf S. 96–97).

alle diese Gewißheit haben, wäre unser psychologisches Gleichgewicht nicht so vielen Wechselfällen unterworfen.

Manche Psychotiker, oder genauer gesagt Megalomanen, beschäftigen sich mit den großen Fragen. Mein Patient Doktor Schreber hat unermüdlich gegen Gott den Vorwurf erhoben, er mißhandle die Menschen.[9] Andere befassen sich mit so banalen Dingen, die sie freilich in so hochtrabender Sprache darstellen, daß wir begreifen, daß dem Megalomanen nicht der Gehalt seiner Gedanken wichtig ist, sondern seine Fähigkeit, Wichtigkeit aus Nichts zu erschaffen.

Der Megalomane sollte uns Anlaß geben, in unserem alltäglichen Dialog einmal innezuhalten. Wenn wir bereit sind, einen Gegenstand für wichtig zu halten, wenn wir bereit sind, unsere Ehre, unsere Nation oder unseren Gott mit unserem Leben zu verteidigen, sollten wir bedenken, daß wir uns selbst betrügen, daß das, was wir die »menschliche Psychologie« nennen, eine recht fadenscheinige Sache ist. Normalerweise beschränken sich unsere größenwahnsinnigen Zustände auf kurze Augenblicke. Aber nicht nur ist der echte Megalomane unablässig mit den wichtigen Fragen beschäftigt – diese sind auch selbst so kompliziert, so obskur, sosehr Teil seines privilegierten Reiches, daß kein gewöhnlicher Mensch jemals imstande ist, sie zu verstehen. Ebendieses Interesse für das Komplizierte und Obskure stellt den Megalomanen außerhalb der Alltags-

9 Siehe zum Beispiel folgende Stelle aus Schrebers Schriften: »… daß *Gott nach der Weltordnung den lebenden Menschen eigentlich nicht kannte* und nicht zu kennen brauchte, sondern weltordnungsgemäß nur mit Leichen zu verkehren hatte.« (Zitiert in Freud: *Zwei Falldarstellungen*, Frankfurt am Main 1982, S. 93.)

gesellschaft und macht ihn zur geheimnisumwitterten Persönlichkeit.

Und hinter dieser Selbstüberhebung des Megalomanen steht das Gefühl seiner Unsterblichkeit: Für unsterblich hält er entweder sich selbst oder seine Werke. Die Vorstellung von Unsterblichkeit, vom Ewigen, beschränkt sich für uns im allgemeinen auf die Religion, doch bei Beschäftigung mit dem Phänomen der Megalomanie erkennen wir sie als Bestandteil der Alltagspsychologie. Megalomane halten sich für unsterblich, sie sind außerordentlich verführerische Lügner, in höchstem Maße betrügerisch im Umgang mit anderen Individuen, einschließlich jenen, die sie als ihre engsten Verbündeten bezeichnen. Ihre Tyrannei ist absolut – selbst die Art und Weise, wie andere in ihrer Gegenwart sprechen, ist ihrer Kontrolle unterworfen. Eigenartig daran ist auch, daß die betrügerische, tyrannische Natur des Megalomanen für jedermann erkennbar ist; er ist enorm erfolgreich darin, die Öffentlichkeit von seinem »Genie« und anderen besonderen Talenten und Eigenschaften zu überzeugen. Betrug, möchte ich hinzufügen, hat anscheinend größere Überzeugungskraft als »Ehrlichkeit«.

[Das Kapitel endet hier mit einigen unleserlichen Notizen.]

9. Das halluzinierende Über-Ich

Kennzeichnend für meine jahrelange Beschäftigung mit den psychologischen Wurzeln der Moral war meine Besessenheit von dem Menschen Moses, und erst heute vermag ich endlich zu sehen, was mich eigentlich so sehr an ihm fasziniert hat. Denn betrachten wir den biblischen Moses einmal genauer, stoßen wir unmittelbar auf eine mögliche Quelle der wahren Natur unserer moralischen Vorbehalte.

Was wir Gewissen oder Moralgefühl nennen, hat seinen Ursprung in Halluzination.

Die Stimme, von der Moses die Zehn Gebote empfing, kam nicht, wie im Falle des paranoiden Wahns, von jemandem, der über ihn wachte, sondern im Gegenteil von einem Verbündeten im Kampf gegen das, was Moses für das verwerfliche Treiben der götzenanbetenden Juden hielt.

Die besondere psychologische Herkunft der Zehn Gebote aus einer Halluzination wirft die Frage auf, wie es möglich war, daß sie dennoch moralische Überzeugungskraft entwickeln konnten. Nicht ein einziges dieser »Gesetze« hat jemals das Verhalten irgendeines Gemeinwesens oder Individuums zu leiten vermocht. Die augenfällige Irrelevanz der Zehn Gebote als Moralgesetz und die gleichermaßen (heuchlerische) allgemeine Anerkennung, welche diesen Gesetzen seit undenklichen Zeiten gezollt wird, deuten nicht auf Moralität hin, sondern auf psychotisches Verhalten.[1]

Die »moralische« Herausforderung, vor die Moses die Juden stellte, war Teil seiner umfassenderen Weltanschauung. Moses sagte den Juden, sie seien das »auserwählte Volk«, womit er andeutete, daß er oder die Stimmen, die zu ihm sprachen, über alle anderen »Völker« Bescheid wüßten. Moses verfügte über vollständiges Weltwissen, und nur er (und seine Stimmen) waren in dieses Wissen eingeweiht. Die Zehn Gebote waren der heilige Text, der, sofern sie befolgt wurden, im Laufe der Zeit die Totalität der Weltordnung offenbaren würde. Sie konnten nicht in

1 Das Thema Megalomanie beschäftigt Freud im *Manuskript* zum ersten Mal, obwohl er nach eigenem Bekunden nicht, wie dieses Kapitel dem Leser suggerieren könnte, durch seine Moses-Studien darauf gekommen ist, sondern eher durch das Debakel jener Untersuchung von 1920, die Freud bereits erörtert hat. Tatsächlich erscheinen die im *Manuskript* angestellten Überlegungen zu Moses wie ein nachträglich eingefügter Gedanke. Immerhin geht Freuds Beschäftigung mit Moses mindestens auf das Jahr 1914 zurück, in dem er (in seiner Zeitschrift *Imago*) eine »anonyme« Studie über Michelangelos *Moses* veröffentlichte. Von wem der Artikel stammte, war allen Mitgliedern von Freuds innerem Kreis bekannt, und auch viele Leser der Zeitschrift dürften nicht im unklaren darüber gewesen sein. In jenem Aufsatz deutet Freud Michelangelos Statue als einen Moses, der seinen Zorn auf die Juden zurückhält, und äußert die Vermutung, die Gesetzestafeln seien ihm versehentlich aus der Hand gefallen und zerbrochen. Dabei dachte er offenbar an seinen Vater, der einmal, als Freud noch ein Kind war, nicht auf einen antisemitischen Angriff reagiert hatte. Er hatte seinen Vater für feige gehalten, und offenbar hielt er nun auch Moses für feige. Es ist dies das erste Mal, daß er einem Volk seinen Helden »aberkennt« – man erinnert sich, er schreibt dies nicht nur zu Beginn des *Manuskripts*, sondern auch in seinem früheren Werk *Der Mann Moses und die monotheistische Religion*. In *Der Mann Moses und die monotheistische Religion* hat Freuds »Aberkennung« aus Moses einen Betrüger gemacht. Doch muß ihm diese »Aberkennung« bei weiterem Nachdenken nicht angemessen erschienen sein, und im *Manuskript* schildert er Moses schließlich als Megalomanen.

Frage gestellt werden, weil sie aus der Hand eines unerkennbaren, allwissenden Gottes stammten – von den Stimmen, die zu Moses sprachen. Jeder Widerstand gegen diese Gesetze wurde mit Gewalt beantwortet, und Moses nahm keinen Anstand, die ungehorsamen Juden zu töten.[2]

Die einzigen Beweisstücke, die Moses' Anspruch hätten glaubwürdig machen können, die Steintafeln, in welche er die ihm von seinem Gott diktierten Gesetze gemeißelt hatte, wurden von Moses »zerstört«, als er die Tafeln zerschmetterte. Zur Durchsetzung von Moralschriften bedarf es keiner Beweise, sondern Selbstbewußtsein und Macht.

Unmittelbar fällt hier die Ähnlichkeit mit Fällen von »paranoiden Wahnvorstellungen« auf, und wir könnten versucht sein, Moses eben dieselben psychologischen Mechanismen zuzuschreiben. Mit etwas Nachdenken erkennen wir jedoch, daß es sich um sehr verschiedene Fälle handelt.

Moses hatte keine paranoide Vision. Wie gesagt, die Stimme, die er hörte, wachte nicht über ihn. Als Moses Rat suchte, half Gott ihm bereitwillig. Denn Moses fürchtet Gott nicht; er sagt den Juden, die Begegnung mit dem »All-Mächtigen« sei eine »unheimliche Erfahrung« – eine Behauptung, die wir vielleicht besser verstünden, wenn

2 Offenbar als Kommentar zu seinem Text schrieb Freud hier an den Rand das Folgende, strich es dann aber wieder aus: »Man wird mich für all das der Blasphemie beschuldigen, dabei besteht die wahre Blasphemie in der Anmaßung, mit welcher die Religionen Wissen und das Recht, Moralvorschriften zu erlassen, für sich in Anspruch nehmen. Was ist denn Blasphemie anderes als die Selbstüberhebung über andere!« Freuds Ansichten zur Religion, die sich auf den folgenden Seiten zeigen, sind, möchte ich meinen, wesentlich profunder als alles, was sich dazu in seinen früheren Schriften finden läßt, einschließlich seines bekanntesten Werkes über die Religion, *Die Zukunft einer Illusion*.

er, wie Wagner, gesagt hätte, unheimlich sei es für den Unwissenden, mit der Totalität des Wissens konfrontiert zu werden.[3]

Der Unwissende kann die Handlungen eines Gottes, eines Moses – oder eines Wagner – nicht verstehen. Erschreckend daran ist die Vorstellung, daß irgend jemand, wie Moses, Zugang zur Totalität des Wissens haben könnte, da ihn dies zu Dingen befähigen wird, die weit über die Fähigkeiten und das Begriffsvermögen normaler Menschen hinausgehen. Wir können uns gegen die, die mehr wissen, nicht verteidigen. Selbst brutale Gewalt würde nicht helfen; da jedoch diese die einzige Zuflucht der Unwissenden ist, ist die Gewalt des Allwissenden vollkommen gerechtfertigt. Uns schreckt die Vorstellung, daß jemand über so großes Wissen verfügen kann, weil wir nie vorhersagen können, was einmal werden könnte. Moses weiß, was er zu tun hat, weil ihm die Konsequenzen jeder möglichen Handlung bekannt sind.

Während sich also die paranoide Persönlichkeit vor fremden Stimmen fürchtet, benutzt im Gegensatz dazu Moses solche Stimmen, um andere in Angst zu versetzen. Als ich die Existenz des Über-Ichs, abgeleitet aus elterlicher Autorität, postulierte und es als Ursprung unseres Gewissens und unserer Schuldgefühle bezeichnete, dachte

3 Eine faszinierend hellsichtige Äußerung zur Argumentationsweise der modernen Kognitionswissenschaft. Ich erinnere mich zum Beispiel daran, wie die Marilyn-Maschine zum ersten Mal etwas entfernt Ähnliches wie Marilyn Monroes »Oooooooh« von sich gab und Dicke mich ansah und sagte: »Unheimliches Ding, wirklich unheimlich!« Wenn ich jetzt darüber nachdenke, erscheint mir freilich Dicke noch unheimlicher als die Maschine. Aber vielleicht lag ebendas in seiner Absicht.

ich durchaus nicht an ein allwissendes Gewissen. Ich übersah nämlich, daß, wie bei Moses, das Über-Ich unabhängig von dem Ich werden kann, aus dem es entstanden ist; in diesem Fall wird derjenige, der es kennt, weil er alles kennt (auch wenn er überraschenderweise selbst keine Angst davor hat), es als furchterregend – »unheimlich« – bezeichnen.

Natürlich kann kein Mensch im Ernst behaupten, umfassendes Wissen zu besitzen, und daher muß dieses Wissen, falls es denn überhaupt existiert, von anderswo kommen. Aus diesem Grund mußte Moses erklären, sein Wissen beruhe auf Mitteilungen, die er von Gott erhalten habe. Die Quelle dieses Wissens ist demnach eine Halluzination, und wir sollten unterscheiden zwischen dem von der psychoanalytischen Theorie postulierten Über-Ich und dem, was ich das allwissende Über-Ich oder das *halluzinatorische* Über-Ich nennen möchte.[4]

Es unterscheidet sich von gewöhnlichen Halluzinationen, weil es größere Autorität besitzt als jede Halluzination, die dem psychotischen Individuum jemals begegnen könnte. Es ist auch nicht mit dem Über-Ich der psychoanalytischen Theorie verwandt, bei welchem es sich um eine besondere Beziehung zwischen dem Individuum und seinen Eltern und späteren gesellschaftlichen Autoritäten handelt. Beim halluzinatorischen Über-Ich hingegen handelt es sich um eine besondere Beziehung zwischen dem Individuum und der Totalität des Wissens.

4 Das ehrfurchtgebietende, amoralische *halluzinatorische Über-Ich* erinnert mich an Jonathan Swifts *Gulliver* und Lewis Carrolls *Alice*. Vgl. die Anmerkungen, S. 183–185.

Jetzt sind wir besser in der Lage, das Wesen von Wissen, Glauben und Autorität zu verstehen. Moses ist seinen Anhängern mit Verachtung und Gewalt begegnet, weil sie keinen direkten Zugang zu dem Wissen, das er erworben hatte, finden konnten. Es fällt auf, daß Moses von dem Wissen, zu dem er Zugang zu haben behauptet, weder eingeschüchtert noch in Furcht versetzt wird. Er redet mit seinem halluzinatorischen Über-Ich wie mit seinesgleichen. Des weiteren ist für Moses wesentlich, daß er Anhänger brauchte. Ohne eine Gruppe von Menschen, die er mit seinem Wissen beherrschen kann, ist dieses Wissen bedeutungslos. Weiter können wir zur Zeit nicht gehen – es muß künftiger Forschung vorbehalten bleiben, die Bedingungen aufzuzeigen, die für die Entstehung eines halluzinatorischen Über-Ichs notwendig sind.

Die Religionsgeschichte zeigt, daß jeder neue Messias die moralischen Vorschriften ändern mußte, um seinen Anspruch auf Originalität besser durchsetzen zu können. Christus ersetzte Moses' »Auge um Auge, Zahn um Zahn« durch »Halte auch die andere Wange hin«. Und wenn Moses' Gott »das Land von Milch und Honig« verhieß, so sagte Christus tausend Jahre später: »Die Armen werden die Erde bewohnen.« Und während Moses erklärte, Gott werde jeden, der nicht auf ihn höre, »aus meinem Buche tilgen«, und Gott anschließend »Plagen über dein Volk kommen« ließ, sagte Christus: »Liebet eure Feinde und betet für die, die euch verfolgen.«

Freilich ist nicht von der Hand zu weisen, daß heutzutage niemand mehr behaupten kann, er beziehe sein

Wissen von einem Gott. In der Vergangenheit gab es bei unseren großen Männern immer einen Hauch von Bescheidenheit, weil niemand, auch nicht in Augenblicken größter Torheit, geglaubt hat, er könne das alles allein vollbracht haben. Sie alle brauchten Hilfe; sie alle hatten das Bedürfnis zu sagen, daß Gott ihnen geholfen habe.

Der enorme Fortschritt des Wissens sowie die erstaunlichen Leistungen, die das vergangene Jahrhundert trotz der Verheerungen des Krieges erzielt hat, haben aber das Wesen unserer Beziehung zum Wissen ebenso verändert wie das Wesen unserer Psyche. Wir wissen zu viel, als daß wir hochtrabende Ansprüche noch akzeptieren könnten – ja wir wissen so viel, daß wir wissen, wie wenig wir wissen, und daß jede Erklärung unzählige neue Probleme aufwerfen muß. Wir sind unserem Wissen gegenüber unduldsam geworden, weil wir jetzt unbedingt alles wissen wollen, und wenn das nicht möglich ist, drängt es uns zumindest, zu behaupten, wir hätten einen Zipfel des Ganzen erhascht, wir seien kurz davor, uns in einer Geschichte zurechtzufinden, die zwar möglicherweise grenzenlos sei, deren Wesentliches wir aber zu unseren Lebzeiten immerhin in seinen Umrissen erfaßt hätten.

Das persönliche Bekenntnis wurde durch den Aufschwung der modernen Wissenschaften unmöglich gemacht. Demgemäß konstruiert der moderne »allwissende« Denker ein »theoretisches« Werk von solcher Komplexität, daß nur er selbst und eine ausgewählte Gruppe von Mitarbeitern (unter seiner Führung) es zu begreifen vermögen. Die »Theorie« wird zu einem heiligen Text, der in den folgenden Jahrhunderten enträtselt und gedeutet werden muß. Da sich mit der Theorie alles erklären läßt (sie stellt totales Wissen dar, reduziert auf seine elementarste Form), kennt ihr Schöpfer bereits jede Entdeckung, die in der Zukunft gemacht werden wird, und kann demnach von jeder neuen und unerwarteten Entdeckung anstandslos behaupten, daß sie in seiner Theorie enthalten sei. Kritikern und Zweiflern wird mit Gewalt begegnet. Folglich ist nicht Neurose, sondern Psychose der Schlüssel zu unserem moralischen Gewissen.[5]

Ich bin kein Moralist und maße mir durchaus kein Urteil über diese Denker und die Gesellschaften an, die jene in so hohen Ehren halten. Wenn Betrug die Grundlage des Erfolgs ist, so mag es denn so sein. Gewiß sind unsere moralischen Anordnungen von Bedeutung, aber nicht, weil sie dazu da sind, befolgt zu werden, sondern im Gegenteil, weil sie uns, indem sie verbieten, was wir am allerliebsten tun würden, zu wunderbaren neuen Freuden verhelfen. Diese Regeln, diese Verbotskataloge (häufig von ebendenen aufgestellt, die gar nicht daran denken, sie zu beachten), ermöglichen uns ganz neue Genüsse.

5 Wie schon bemerkt, erinnert mich Freuds Darstellung Wagners (und der Megalomanie als solcher) nahezu in jedem Detail an Norman Dicke. Oft habe ich direkt den Eindruck, Freud stütze sich bei seinen Ausführungen auf eine genaue Bekanntschaft mit Dicke, aber das ist natürlich nicht möglich. Das Seltsame daran ist, daß unsere Beziehungen durchaus verschieden waren. Wagner und Freud waren in den ersten Jahren gemeinsamer Forschung offensichtlich treue Weggefährten, und wenn sie danach auch intellektuell getrennte Wege gingen, blieben sie doch ihr Leben lang in freundschaftlicher, obgleich distanzierter Verbindung. Ich hingegen kannte Dicke nur als Kollegen. Als ich mich von ihm trennte, bestand zwischen uns keine bedeutende intellektuelle Kluft, wie sie zwischen Wagner und Freud bestanden hatte. Was uns trennte, war allein jenes psychische Bedürfnis Dickes, von dem Freuds *Manuskript* handelt.

Ich habe in der Vergangenheit argumentiert, der Verzicht auf Freuden, den uns die Fortschritte der Zivilisation aufzwingen, werde am Ende unerträglich »neurotisch« werden – nun aber muß ich diese Ansicht revidieren. Gewiß habe ich nie verkannt, daß extremes Leid Veränderungen in der Psyche des Individuums bewirken muß, doch habe ich dabei übersehen, daß die Leiden des Neurotikers zu den Freuden des Psychotikers werden können, daß sich aus der Reaktion auf den von der Zivilisation geforderten Verzicht auf Freuden neuartige und gefährlichere Freuden ergeben können, daß Schuldgefühle (die ich für ein zentrales Problem der Zivilisation halte, da sie uns zwingen, auf Freuden zu verzichten, und so das Leben unerträglich machen) uns neue Quellen von Genüssen erschließen können, zu denen zweifellos auch die Lust an der Verbotsübertretung selbst zählt, die denjenigen, der an die Zehn Gebote glaubt, zum Ehebrecher oder gar zum Mörder werden läßt. Und wieviel aufregender muß es dann erst für den Möchtegern-Wissenschaftler, -Schriftsteller oder -Künstler sein, Beifall für »umfassende Theorien« zu erhalten, die weit über alles bisher Erreichte hinausgehen.

Und daher ist die Psychoanalyse, meine Schöpfung, dem Untergang geweiht. Ich hatte das schon immer gewußt, jedoch nie verstanden, warum. Ich habe immer gesagt, daß ich, der Entdecker der Psychoanalyse, der erste Mensch, der sich selbst analysiert hat – und der erste und einzige Mensch, der überhaupt wissen konnte, worum es in der Psychoanalyse eigentlich ging –, die höchste Instanz zur Beurteilung dessen bin, was Analyse ist und nicht ist. Denn es ist ein großer Unterschied, ob man etwas entdeckt oder ob man etwas untersucht, das bereits entdeckt ist.

Einsteins Verständnis der Relativitätstheorie unterscheidet sich beträchtlich von jenem aller anderen, die nach ihm kamen. Niemand kann jemals wissen, was es für Einstein bedeutete, mit Vorstellungen zu ringen, die damals nicht nur seltsam, sondern geradezu absurd und irrig anmuten mußten. Ebendiese Fähigkeit, sich dem offenkundig Falschen zu stellen und dann zu entdecken, daß es richtig ist, ist die Grundbedingung für jeglichen intellektuellen und wissenschaftlichen Fortschritt.

Die Entdeckung der Psychoanalyse war schwieriger als die meisten, wenn nicht alle anderen wissenschaftlichen Unternehmungen.[6] Einstein hat schließlich nicht die Physik erfunden und konnte daher letztlich von anderen Phy-

6 In Bernadette Schilders Abschrift des *Manuskripts* folgt hier eine mit roter Tinte ausgestrichene Erörterung des Unterschieds zwischen der psychologischen Theorie und anderen wissenschaftlichen Theorien:

> Jede psychologische Theorie von irgendeinem Wert müßte sich irgendwie auf die Denkweise der Menschen auswirken. Die Leute entwickeln aufgrund ihrer Beziehungen untereinander Schuldgefühle, und die Schuldgefühle ändern die Art dieser Beziehungen. Was wir von uns selbst sagen und denken, wirkt sich auf unser Verständnis unserer Mitmenschen aus, und daher muß jegliche Theorie, die wir uns von der Psychologie des Menschen machen, Verhalten nicht nur beschreiben, sondern auch beeinflussen. Wer vorgibt, eine »wissenschaftliche« Beschreibung von Verhalten zu liefern, hat nichts begriffen: weder das inhärent Unwiederholbare des menschlichen Verhaltens noch was es überhaupt mit der Psychologie des Menschen auf sich hat.
>
> Die psychoanalytische Theorie wäre nicht das, was sie ist, wenn sie eine unter vielen anderen Theorien gewesen und lediglich als hypothetische Möglichkeit vorgestellt worden wäre. Die psychoanalytische Theorie hat unser Bild von uns selbst verändert. Der Penisneid als abstrakter Begriff in irgendeiner obskuren Fachzeitschrift war einfach nicht dasselbe wie jene Neckereien, die sich in Zügen, Restaurants

sikern beurteilt werden. Und das wurde er ja auch. Aber die Analyse ist etwas ganz anderes. Bevor ich meine mühsame Selbstanalyse durchführte, hatte noch niemand jemals sich selbst zu analysieren versucht. Kein Mensch konnte wissen, wie einem zumute ist, wenn man derart bizarre, ja widerwärtige Konzepte wie Kastrationsangst und Penisneid entwickelt und sich bei diesem Ringen ständig bewußt ist, daß man, wenn man es wagen würde, diese Gedanken in der Öffentlichkeit bekanntzumachen, sein Leben lang der Lächerlichkeit preisgegeben wäre. Einstein hat niemals Hohn und Spott ertragen müssen.

Und hat man erst einmal die in unserer Psyche lauernden dunklen Geheimnisse enthüllt, ist es unmöglich, daß irgend jemand dieselben Entdeckungen noch einmal macht und sie so kennt und versteht wie man selbst. Auch wenn meine Ideen nicht so breite Anerkennung gefunden hätten, wüßten künftige Entdecker von Kastrationsängsten schon vorher, was sie zu entdecken suchen. Sie wären bereits vor den Gefahren ihres Tuns gewarnt. Die Tatsache meiner erfolgreichen Selbstanalyse macht diese zu einem unwiederholbaren Akt, einer historisch einmaligen Tat, die man untersuchen, ansonsten aber nur noch nachahmen kann.

Aus diesem Grund wurde es mir wichtig, Analytiker auszubilden. Patienten brauchen Anleitung, sonst kommen

oder öffentlichen Toiletten als Penisneid äußern. Die eigentliche Natur des Problems ist etwas ganz anderes.
Eine psychologische »Theorie« wird zur Theorie, wenn sie durch die Alltagssprache umgeformt wird, wenn sie zu einem Bestandteil des Alltagslebens wird. Es liegt geradezu im Wesen jeder Theorie von der Psychologie des Menschen, daß sie unser Verständnis von uns selbst verändern muß; die Psychologie des Menschen läßt sich nicht einfach beschreiben.

sie allzu schnell zu den Schlußfolgerungen und können dann nicht verstehen, was es mit dem Prozeß der Selbstentdeckung auf sich hat. Und natürlich waren die Analytiker, die Männer und Frauen, die ich ausgebildet habe, nur Schatten meiner selbst. Auch sie konnten niemals die ganze Wahrheit über die Analyse erfahren. Der Prozeß der Selbstanalyse widerspricht ja als solcher der Idee von wissenschaftlicher Verifikation. Es gibt einfach gewisse Dinge, die sich nicht wiederholen lassen, aber das macht sie darum nicht weniger wahr.

Ich habe mein Leben lang Hohn und Spott ertragen müssen, schlimmer noch, ich habe mich der Empörung meiner Schüler stellen müssen, jener Männer und Frauen, die ich unterrichtet und ausgebildet und denen ich verborgene Geheimnisse enthüllt habe, auf die sie von allein niemals gestoßen wären. Ich habe ihnen – freilich ohne mich selbst zu kompromittieren – einige meiner tiefsten Geheimnisse enthüllen müssen, denn sonst hätte ich niemals ihr Vertrauen gewinnen können.

Tatsächlich wurde mir klar, daß Loyalität nicht zu den Eigenschaften zählte, die ich mir von meinen Anhängern erhoffen konnte. Ich wußte, eines Tages würde sich jeder einzelne von ihnen gegen mich wenden. Ich wußte, sie würden sich gegen mich wenden, weil sie es nicht würden verwinden können, daß ihnen, welche Geheimnisse auch immer sie mit meiner Hilfe und später vielleicht auch auf eigene Faust entdecken würden, immer bewußt sein mußte, daß sie selbst niemals erfahren würden, wie es mit dem eigentlichen Akt der Entdeckung bestellt sei, da sie ja nicht wiederholen konnten, was ich getan hatte. Niemals würden sie die Erregung der ursprünglichen Entdeckung erleben – die Schmerzen freilich auch nicht. Es war ja nicht einmal so, daß ich nicht bereit war, mich zu kompromittieren. Aber so sehr ich mich denn tatsächlich kompromittierte – und das mußte ich tun, wenn ich Geheimnisse aufdeckte, die mich der Lächerlichkeit preisgaben –, vermochte ich dennoch nie zu enthüllen, was in mir vorging, als ich diese Entdeckungen machte.

Selbsterkenntnis zählt zu unseren größten Wünschen. Ich mußte alle meine Briefe vernichten – denn sie wären in der Zukunft mit Sicherheit falsch verstanden worden. Da mögen sie suchen, die künftigen Kleinigkeitskrämer, die Lästermäuler, die Möchtegern-»Gelehrten« – sie werden mich niemals kennen, und sie werden niemals dahinterkommen, wie ich meine Entdeckungen gemacht habe.

Die einzige Biographie, die diesen Namen verdient, ist die Hagiographie, wie die Verfasser der Bibel schon vor langer Zeit erkannt haben. Eine gute Biographie gibt nur die Konturen der Ereignisse an und überläßt es dem Leser, über das Wesen von Größe nachzudenken. Aber diejenigen, die nur darauf aus sind, unter Hinweis auf irgendeinen zufällig entdeckten Brief oder ein bei einem ehemaligen Bewunderer hinterlassenes Billett unser Ansehen zu vernichten, sagen dem Leser im Grunde gar nichts. Natürlich können sie damit Aufsehen erregen, natürlich können sie sich auf Kosten unseres guten Rufs einen Namen machen und künftige Generationen vor der »betrügerischen« Wissenschaft derjenigen von uns bewahren, die ihre Welt überhaupt erst geschaffen haben. Doch lange bleibt ihr

Schiff nicht flott. Wir aber werden noch fahren, lange nachdem sie versucht haben, Hand an die Vergangenheit zu legen.

Bedauerlicherweise kann nach mir niemand mehr ein Experiment zur Selbstentdeckung oder Selbsterkenntnis in aller Vollständigkeit durchführen. Ich könnte mir noch so große Mühe geben, Ihnen die Einzelheiten meiner Entdeckung zu erläutern, es würde dennoch niemals vollkommen deutlich werden, wie ich es getan habe. Es liegt geradezu in der Natur des Vorgangs der Entdeckung, daß ich nicht alles, was ich dabei getan habe, mir ins Gedächtnis zurückrufen und Ihnen mitteilen kann. Die große Schwäche der Analyse, die nach mir von denen, die ich ausgebildet hatte, durchgeführt werden mußte, bestand gerade darin, daß meine Schüler, ebenso wie deren Schüler, stets in dem Bewußtsein lebten, daß etwas fehlte, etwas, das ich wußte, etwas, das sie niemals wissen würden, etwas, das ihnen für immer verschlossen wäre. Denn sie kannten ja schon das Ziel ihrer Analyse: die Kastrationsangst und den Penisneid, die am Ende ihrer Analyse alles erklären würden.

Ich hatte der Zukunft das Vergnügen der Selbstentdeckung geraubt – ein Diebstahl, der in der Geschichte nicht seinesgleichen hat. Einstein mag künftige Physiker des Vergnügens beraubt haben, die Relativität zu entdekken, aber künftigen Wissenschaftlern bleibt immer noch genug zu lernen. So wie auch uns, wie ich immer betont habe, immer noch etwas von der Analyse zu lernen bleibt. Aber wir alle sehnen uns nach Selbstanalyse, wir alle wollen uns selbst so kennenlernen, wie niemand sonst uns kennen kann – denn es ist ein fundamentales Gesetz der Psychologie, daß wir über uns selbst reflektierende, selbstbewußte Wesen sind, und die elementarste Form unserer Selbstbewußtheit ist das Nachdenken über uns selbst.

Das aber wäre nicht mehr möglich gewesen, wenn die Entdeckungen der Psychoanalyse alle richtig gewesen wären. Aus diesem Grund waren meine Entdeckungen von Anfang an dem Untergang geweiht. Sie waren darauf angelegt, sich selbst zu zerstören, die Revolte ihrer Anhänger war ebenso zwangsläufig wie der Widerstand derer, die sich weigerten, die Leistungen der Analyse anzuerkennen, weil immer bereits der Idee der Selbstanalyse etwas anhaftet, das sich dem Begreifen entzieht. Der Grund für ihr früheres und heutiges Verhalten bin ich. Sie analysieren sich selbst vermittels meiner Deutungen menschlichen Verhaltens; sie suchen nach den Wurzeln ihrer Neurosen, nach einer Erklärung für irgendeine Fehlhandlung, weil ich gesagt habe, daß derlei sich erklären lasse und man durch solche Erklärungen zu größerer psychologischer Freiheit gelangen könne. Aber eine echte Selbstanalyse muß man um seiner selbst willen unternehmen, und wenn die Idee erst einmal Gemeingut wird, ist das nicht mehr möglich, und die ganze Unternehmung, die ganze Wissenschaft, ist zum Scheitern verurteilt. Dies war das Paradoxon der neuen Wissenschaft der Analyse!

Dabei war die Psychoanalyse nicht nur deshalb zum Scheitern verurteilt, weil sie dem Patienten nie zu der erstrebten endgültigen Erkenntnis seiner selbst verhelfen konnte, sondern auch, weil der Prozeß der Analyse an sich einfach zuviel Zeit in Anspruch nimmt. Wagner glaubte mit seinen raschen »Heilmethoden« eine Antwort auf die langwierige Analyse gefunden zu haben. Tatsächlich hat Wagner uns tiefe Einsichten in das Wesen von »Heilung« vermittelt. Wenn man Kranke so sehr verängstigen konnte, daß sie sich gesund stellten – spielte es dann wirklich eine Rolle, daß die »Heilung« nur von kurzer Dauer war? Auch das Leben ist kurz. So nimmt es nicht wunder, daß sich das Nobelpreiskomitee von der Malariatherapie beeindrucken ließ.

In Wahrheit hat Wagner uns nur gelehrt, daß er der vollendete Psychoanalytiker war. Sein kalter Gleichmut und seine besorgte Fassade entsprachen genau dem, was ich von meinen Schülern immer verlangt hatte. Schmerzen zufügen im Dienste der Heilung. Wie es auch Moses und jeder andere Megalomane, der seither auf Erden gewandelt ist, getan hat. Die Analyse war zum Scheitern verurteilt, weil nur ein Megalomane sie effektiv benutzen kann. Ein Megalomane jedoch würde dem Patienten nicht helfen, sich selbst zu erkennen, sondern ihn lediglich zur Unterwerfung zwingen.

Und so begriff ich endlich, daß das Problem der Zivilisation nicht in Schuldgefühlen besteht, in der Reue über ein Ur-Verbrechen, die Tötung des »Vaters«, sondern in der Mentalität des »Vaters«, dessen willkürliche Vorschriften und Erklärungen, dessen Brutalität im Namen dieser Vorschriften, psychologische Wurzeln haben, die keinerlei Ähnlichkeit mit irgend etwas von dem besitzen, was ich über ein Vierteljahrhundert lang in sorgfältigen Untersuchungen und Analysen von Patienten und meiner eigenen Person erörtert habe. Bei dem Versuch, eine Wissenschaft vom Denken zu entdecken, habe ich nur die außerordentliche Komplexität ebender Fragen entdeckt, die wir uns selbst stellen müssen und die wir zu beantworten versuchen müssen, wenn wir eine solche Wissenschaft aufbauen wollen. Natürlich können wir von Glück sagen, daß wir niemals alle Antworten finden werden – in Wahrheit werden wir die Triebfedern unserer Gedanken und Handlungen niemals auch nur annähernd kennenlernen –, so daß wir künftigen Generationen nicht nur freie Hand lassen, sondern auch viele Gründe geben, unsere Anmaßung, so vieles erklärt zu haben, mit Hohn und Spott zu bedenken.

»Der Turm zu Babel«

(Unvollendeter Aufsatz, nach Freuds Tod auf seinem Schreibtisch gefunden)

[Kurz nachdem Bernadette Schilder und ich uns mit dem *Megalomanie*-Manuskript an den Vorstand des Freud-Archivs gewendet hatten, wurde uns von dort die Genehmigung erteilt, diesen Aufsatz zusammen mit dem *Manuskript* abzudrucken. Man verband dies mit der Bitte, die folgende Erklärung voranzustellen:

»Es gehört mit zu den Aufgaben des Vorstands, das Ansehen von Freuds Familie, Freunden, Bekannten und Patienten sowie deren direkten Nachkommen zu schützen, und dieser Auftrag wäre häufig gefährdet worden, wenn der Vorstand sich zu den zahlreichen nach Freuds Tod aufgekommenen wissenschaftlichen Debatten geäußert hätte, in denen auch Fragen nach seinen Motiven und seinem Privatleben erhoben wurden. Da Freuds Erbe unserer Überzeugung nach in den Bereich der Wissenschaft und Philosophie gehört, haben wir uns stets bemüht, Material, das für Diskussionen innerhalb der wissenschaftlichen und intellektuellen Gemeinschaft relevant sein könnte, zur Verfügung zu stellen. So hat der Vorstand von Zeit zu Zeit Briefe und andere Dokumente herausgegeben, die in diesem Zusammenhang von Interesse sein könnten.

Freuds letzte Notizen, geschrieben wenige Tage vor seinem Tod, haben den Vorstand, das sei hier zugegeben, lange Zeit vor beträchtliche Rätsel gestellt. Bereits in der Vergangenheit waren wir mehrmals kurz davor, dieses Dokument der allgemeinen und gelehrten Öffentlichkeit zugänglich zu machen, haben es aber, vielleicht zu Unrecht, in Anbetracht seiner ungeklärten theoretischen Bedeutung stets für besser erachtet, es bis zu dem Zeitpunkt unter Verschluß zu halten, den Freud selbst für die Freigabe seiner Briefe und unveröffentlichten Arbeiten bestimmt hat – also bis zum Jahre 2039. Da in dem Text mehrere Personen erwähnt werden, deren Nachkommen noch leben, und da sein Zweck uns ohnehin nicht deutlich war, haben wir uns bisher an diese Vorgabe gehalten.

Das vor kurzem entdeckte *Megalomanie*-Manuskript, an dessen Echtheit das Freud-Archiv keinen Zweifel hegt – auch wenn wir die Gründe für unsere Überzeugung bis auf weiteres nicht darlegen können, da gewisse Familienmitglieder durch Veröffentlichung der entsprechenden im Archiv lagernden Dokumente kompromittiert würden –, hat ein völlig neues Licht auf den Text geworfen, den wir heute aus dem Archiv zur Veröffentlichung freigeben. Wie sich zeigt, ist das betreffende Dokument als Anhang zu dem *Manuskript* zu verstehen und läßt nicht allein diesen Text, sondern Freuds gesamtes Werk in neuem Licht erscheinen. Offenbar ergeben sich hieraus neue Aufschlüsse zu einer bekannten, wenn auch nicht sehr bedeutsamen Episode der modernen Geschichte; darüber hinaus legt Freud in diesem Text nicht minder als in seinen berühmten Werken eine die Entwicklung der modernen Wissenschaft betreffende Weitsicht an den Tag, die von der gegenwärtigen Epoche schlechthin nicht ignoriert werden darf. Der Vorstand hat daher einstimmig beschlossen, den von Freud mit dem vorläufigen Titel ›Der Turm zu Babel‹ versehenen Text aus dem Archiv herauszugeben.«

Für die englische Ausgabe wurde das *Manuskript* von Bernadette Schilder übersetzt. *Albert J. Stewart*]

5. September 1939
Meine Tochter erzählte mir heute morgen sichtlich verlegen, vorige Woche sei mehrmals ein Fremder vorstellig geworden und habe mich zu sprechen verlangt, sie aber habe ihm in Anbetracht meines Zustands beschieden, daß ich nicht einmal meine engsten Freunde empfangen würde. Doch als er heute morgen wiederum gekommen sei und ihr ein Dokument, das ich gleich zu erörtern gedenke, überreicht habe, habe sie ihn gebeten, heute nachmittag noch einmal vorbeizukommen; mein Einverständnis vorausgesetzt, wolle sie ihm dann gestatten, mich für eine halbe Stunde zu besuchen. Als sie mir das von ihm zurückgelassene Dokument zeigte, war ich sogleich bereit, den unbekannten Besucher zu empfangen. Meine Tochter hatte schon immer ein außerordentliches Gespür für Dinge, die mir zur Freude gereichen könnten, und ich will nun alle meine Kräfte zusammennehmen, um, wenn auch noch so fragmentarisch, den Besuch dieses höchst ungewöhnlichen Menschen zu schildern.

Da Anna mir nichts von ihm erzählt und mir lediglich

das bereits erwähnte Dokument übergeben hatte, war ich einigermaßen überrascht, als dann am Nachmittag ein Mann, der in meinem Alter sein mochte und fließend Deutsch sprach, in mein Arbeitszimmer geführt wurde. Er stellte sich als Maurice Koechlin vor und bat um Verzeihung, daß er das Deutsche nicht ganz fehlerfrei beherrsche, da er die Sprache seit seinem Studium in Zürich im letzten Viertel des vorigen Jahrhunderts nur selten benutzt habe. Er erzählte, er sei im Elsaß zur Welt gekommen, und zwar im selben Jahr, in dem ich in Mähren geboren wurde. 1871, beim Einmarsch der Deutschen, sei er aus seiner Heimatstadt geflohen und habe dann während seiner Studienzeit in Zürich die Schweizer Staatsbürgerschaft angenommen.

Sein Auftreten war eine eigenartige Mischung aus Bescheidenheit und Selbstsicherheit, wobei der Eindruck der Bescheidenheit von dem leichten Unbehagen herrühren mochte, das ihm die deutsche Sprache zu bereiten schien. Er hatte am Polytechnikum studiert und war der beste seines Jahrgangs gewesen. Anschließend war er nach Paris gegangen und hatte dort für die Compagnie des Chemins de Fer de l'Est und später für die Société des Etablissements Eiffel gearbeitet. Dort leitete er die wesentlichen mathematischen Berechnungen für eine Reihe architektonisch bedeutender Bauwerke in Europa und den Vereinigten Staaten.

Obwohl mir einige der von ihm aufgezählten Projekte bekannt waren, mußte ich gestehen, daß ich seinen Namen noch nie gehört hatte. Als ich das sagte, lächelte Koechlin zaghaft und bat um Verzeihung, falls er mich langweile.

Aber seine Geschichte interessierte mich durchaus, und da ich wissen wollte, wie das Dokument, das Anna mir gezeigt hatte und das jetzt vor mir auf dem Schreibtisch lag, zustande gekommen war, bat ich ihn fortzufahren.

Wieder bat er überflüssigerweise um Verzeihung und erzählte dann, im letzten Viertel des vergangenen Jahrhunderts sei in Architekten- und Ingenieurskreisen viel über die Schwierigkeiten debattiert worden, die sich den Amerikanern bei der Errichtung des monumentalen Obelisken in Washington in den Weg gestellt hatten. Als der Turm eine Höhe von etwa sechzig Metern erreicht hatte, stellte man fest, daß er aus der Senkrechten geriet; erst Jahre später wurden die Arbeiten fortgesetzt und das Bauwerk nicht ganz so hoch wie geplant zum Abschluß gebracht.

Zur Jahrhundertfeier der amerikanischen Revolution im Jahre 1876 hatten die Amerikaner Clark und Reeves einen schriftlichen Vorschlag eingereicht. Darin hieß es, sie wollten sich die Nachkommen Noahs zum Beispiel nehmen, welche durch den Bau eines gewaltigen Turms aus Stein und Mörtel nach Unsterblichkeit gestrebt hätten, und hielten es daher für angebracht, daß die jüngste Nation der Welt die Vollendung ihres ersten Jahrhunderts mit einem eigenen babylonischen Turm, wie sie das nannten, feiern sollte, mit einer dreihundert Meter hohen Säule aus Eisen, die durch ihren Kontrast zum ältesten bezeugten architektonischen Streben der Weltgeschichte die eindrucksvollen Veränderungen in Wissenschaft und Kunst, die sich in den seither vergangenen Zeiten vollzogen hätten, erst recht deutlich hervortreten lassen würde. Das Projekt sei jedoch nicht verwirklicht worden.

Das Bemerkenswerte an diesem amerikanischen Projekt, sagte Koechlin, sei gewesen, daß es die Schwächen des Washingtoner Obelisken vermieden und schon damals gezeigt habe, daß der Bau eines Turms von über dreihundert Metern Höhe kein Ding der Unmöglichkeit sei. Nachdem in Frankreich die Zeitschrift *La Nature* über das amerikanische Projekt berichtet habe, sei der Artikel unter Architekten und Ingenieuren ausgiebig diskutiert worden.

Im Mai 1884 weckte die geplante Weltausstellung, die 1889 zur Hundertjahrfeier der Französischen Revolution in Paris stattfinden sollte, erstmals das Interesse der Architekten. Koechlin und sein Mitarbeiter Émile Nouguier stellten sich die Frage, was der Ausstellung zu besonderer Anziehungskraft verhelfen könnte, und entwickelten, zweifellos von den Amerikanern inspiriert, die Idee, zu diesem Zweck einen gewaltigen Turm aus Eisen zu errichten. Am Abend des 6. Juni stellte Koechlin einige vorläufige Berechnungen an und entwarf jenes Blatt, das nun auf meinem Schreibtisch lag, eine Zeichnung, die eine unverkennbare Ähnlichkeit mit einer der bekanntesten architektonischen Leistungen der Neuzeit hatte. Die Rede ist vom Eiffelturm.

Koechlin hielt die Zeichnung mehrere Minuten lang in der Hand, legte sie dann wieder auf den Schreibtisch zurück und sagte, er und sein Kollege hätten eine gewisse Erleichterung und dennoch auch tiefe Enttäuschung gespürt, als sie ihr Projekt dem Leiter des Unternehmens, Gustave Eiffel, vorgestellt hätten. Auf meine Frage, wie das zu verstehen sei, sagte er, erst vor kurzem habe er wieder daran denken müssen, mit welcher Erregung er Eiffels Bescheid vernommen habe, daß er an ihrem Projekt keinerlei

Interesse habe, aber keinen Grund sähe, warum sie die Sache nicht selbst weiterverfolgen sollten.

Er hatte seit fünf Jahren für Eiffel gearbeitet und war, wie schon erwähnt, für alle wichtigen Berechnungen zuständig gewesen, unter anderem für die Brücken, die Eiffel zu beträchtlicher Anerkennung in der Welt der Architekten und Ingenieure verholfen hatten; und natürlich habe er auch, fügte er hinzu, als sei es ihm gerade erst wieder eingefallen, das Innere von Bartholdis Freiheitsstatue entworfen, die die Öffentlichkeit für das Werk Gustave Eiffels halte. Daher habe es ihn gefreut, daß Eiffel den von ihnen geplanten Turm kategorisch abgelehnt hatte, denn damit, so habe er geglaubt, böte sich ihm die erste Gelegenheit, ein bedeutsames Bauwerk unter seinem eigenen Namen zu errichten.

Er und Nouguier verfolgten das Projekt weiter und ließen sich von Stephen Sauvestre beraten, dem Hauptarchitekten der Firma, der Koechlins Originalzeichnung überarbeitete. Sauvestre fügte die »Dekorationen« an, die das Projekt noch großartiger und ästhetisch befriedigender erscheinen ließen, unter anderem die kunstvollen Verstrebungen zwischen den vier Füßen des Turms und den großen, von Glas umschlossenen Raum auf dem ersten Absatz. Diese Zeichnung zeigten sie Bartholdi, und der stellte die Pläne dann der Öffentlichkeit vor. Als sie Eiffel die neue Version des Turms zeigten, war er von dem Entwurf so beeindruckt, daß er ihn am 18. September 1884 unter seinem Namen und dem von Nouguier und Koechlin patentieren ließ.

Eiffels Begeisterung kannte keine Grenzen. Kaum hatten sie das Patent bekommen, lud er Koechlin, Nouguier und Sauvestre zum Abendessen ein. Nachdem er zu verstehen gegeben hatte, daß er allein die Idee besser vermarkten könne, machte er das Angebot, ihnen die Exklusivrechte auf das Patent sowohl für Frankreich als auch für den Rest der Welt abzukaufen. Zusätzlich wollte er jedem von ihnen ein Prozent aller Einnahmen zahlen, die ihm für den Bau des Turms zufließen würden. Natürlich, fügte Koechlin unsicher hinzu, habe Eiffel zugesagt, ihnen im Falle der Verwirklichung des Turms volle Anerkennung zukommen zu lassen.

Hier unterbrach Koechlin seine Erzählung und sah mich an. Wieder bemerkte er, er langweile mich wohl, und sicher sei es das beste, wenn er jetzt ginge. Um ihm die Befangenheit zu nehmen, erklärte ich, wir seien zwar im selben Alter, und zweifellos gehe es mir gesundheitlich schlechter als ihm, aber seine Geschichte sei schlicht ein perfektes Beispiel für eine Sache, mit der ich mich in letzter Zeit ausführlich beschäftigt habe. Meine Bemerkung schien ihn zu verwirren, aber ich forderte ihn auf, nur ruhig fortzufahren.

Nun sagte er etwas, von dem er offenbar annahm, daß es mir gerade durch den Kopf gegangen sei, nämlich daß er und seine Kollegen nur »ein Almosen« bekommen hätten im Vergleich zu dem, was Eiffel schließlich bei der Verwertung des Patents an Einnahmen erzielt habe. Aber daran hatte ich gar nicht gedacht: Ich hatte vielmehr wissen wollen, wie der Turm gebaut worden war.

Meine Frage brachte ihn in Verlegenheit. Bestimmt hatte man ihm diese Frage schon oft gestellt, und was auch immer er darauf geantwortet haben mochte, hatte ihn selbst nicht befriedigt. Wann immer er die Einzelheiten aufgeführt hatte, die er nun auch mir mitzuteilen gedachte, hatten frühere Zuhörer wahrscheinlich nur »Na und?« gesagt und damit seine Überzeugung gestärkt, daß alles, was er mir gegenüber behauptete, auch seiner eigenen Einschätzung nach im Grunde nicht gerechtfertigt war. Aber was mein Interesse und meine vorsichtigen Schlußfolgerungen betraf, irrte er sich.

Der Mann, dem ich hier zuhörte, entsprach dem Bild vieler Patienten, die ich in meinem Berufsleben gesehen hatte. Er litt erheblich unter Selbstzweifeln, hatte aber dennoch das Gefühl, nicht bekommen zu haben, was ihm zustehe. Und er war nicht in der Hoffnung zu mir gekommen, daß ich ihm sage, das Leben sei unfair zu ihm gewesen, sondern – wie ich es bei so vielen meiner neurotischen Patienten erlebt hatte – wegen ebenjener Zweifel, wegen seiner Unfähigkeit, einen Konflikt zu lösen, der, wenn er ihn mit sich selbst, mit Freunden oder Kollegen besprach, einen durchaus lösbaren Eindruck machte. Und doch, sosehr er von seiner eigenen Analyse überzeugt sein mochte, hielt er an lähmenden Vorstellungen fest, die er selbst nicht begreifen konnte.

Koechlin ahnte nichts davon, daß meine Auffassung vom Wesen dieses Konflikts sich in diesen Augenblicken einer tiefgreifenden Wandlung unterzog. Zu meinem Glück war Koechlin in der psychoanalytischen Literatur nicht sehr bewandert. Wäre ich abergläubisch, hätte ich gesagt, das Schicksal habe ihn mir geschickt; aber ich wußte ja, daß sein Besuch nur ein glücklicher Zufall war, den ich, hätte ich mehr Zeit und mehr Kraft gehabt, gern ausführlicher untersucht haben würde, als mir jetzt möglich ist.

Es dürfte meine Schüler und Kollegen sehr überraschen, daß ein Mann, der in jeder Hinsicht mein Zeitgenosse war, mich derart faszinieren konnte: Das muß ihnen ebenso unbegreiflich wie unwahrscheinlich vorkommen. Ich aber war froh, nicht das Naheliegende zu tun, froh, daß Koechlin von meiner Arbeit nichts wußte, und so reagierte ich verärgert, als Anna den Kopf zur Tür hereinsteckte und die Sorge äußerte, Koechlin könnte mich ermüden. Ich versicherte ihr, es gehe mir gut – und ich hatte meinen Zustand tatsächlich vergessen –, und nachdem sie leise die Tür geschlossen hatte, bat ich Koechlin, in seiner Erzählung fortzufahren. Der Mann rührte mich ganz außerordentlich, und das war etwas, das ich seit sehr langer Zeit nicht mehr bei einem Patienten erlebt hatte. Er schien sich seines Wertes bewußt, er wußte, daß er zu Großem fähig gewesen war und daß er diesen Fähigkeiten auch wirklich entsprochen hatte, und dennoch quälten ihn die schlimmsten Zweifel. Wenn er von Eiffel sprach, schwang darin weder Bewunderung noch Bitterkeit mit. Trotzdem nahm Eiffel einen beträchtlichen Raum in seinem Seelenleben ein.

Als ich noch einmal fragte, wie der Turm gebaut worden sei, sagte Koechlin ein wenig verwirrt, Eiffel habe eine dreibändige *Biographie* geschrieben, und zwar in der dritten Person. »›Dieser Turm ist Monsieur Eiffels *opus magnum*‹«, zitierte Koechlin auswendig aus Gustave Eiffels Buch, »›und ein Symbol für Stärke und überwundene Schwierigkeiten.‹« In dieser, in der dritten Person geschriebenen Autobiographie habe Eiffel den Entwurf des Turms in das Jahr 1886 verlegt, während der ursprüngliche Entwurf, wie wir wissen, tatsächlich bereits 1884 realisiert wurde. Wieder einmal nahm Koechlin die Zeichnung von meinem Schreibtisch und erzählte mir mit völlig verwirrter Miene, dieses Blatt sei auf der letzten Weltausstellung in Paris gezeigt worden, doch habe weder die Presse noch, soweit er wisse, die Öffentlichkeit in irgendeiner Weise darauf reagiert. Wie rührend von ihm zu glauben, daß ein urkundlicher Beweis hätte ändern können, was doch eindeutig längst in die zeitgenössische Mythologie eingegangen war. Ich erklärte ihm: Bei dem, was innerhalb einer Gesellschaft als allgemein anerkannt gilt, handelt es sich um die Folge unserer Unwissenheit darüber, wohin die Gesellschaft sich bewegt, unserer Unfähigkeit zu erkennen, was sich von Tag zu Tag ereignen wird, und unserer Bemühungen, uns selbst zu schmeicheln und zu täuschen und uns weiszumachen, wir könnten unser Leben in irgendeiner Art von Zusammenhang sehen. Denn letztlich erfordert ein Begreifen unserer selbst das Begreifen dessen, was morgen und übermorgen geschehen wird, und unsere seelische Stabilität beruht auf unserer Überzeugung, daß unsere Urteile richtig sind. Sollten wir zufällig einmal richtig geraten haben, sind wir gleich überzeugt, uns selbst zu verstehen und unser Schicksal in der Hand zu haben, auch wenn wir wissen – falls wir überhaupt darüber nachdenken –, daß dies vollkommen unmöglich ist. Wir streben nach der Kontrolle über unser alltägliches Geschick und erreichen mit dieser Kontrolle ein psychologisches Gleichgewicht, ohne das unser Alltagsleben auseinanderfallen würde. Wer die Urheberschaft am Eiffelturm in Frage stellt – einem Gegenstand, der weder nützlich noch wichtig ist, der aber als solcher und als *Name* gleichwohl zu jenen etablierten Wahrheiten gehört, deren Schlichtheit und Nebensächlichkeit geradezu das Rückgrat unserer Bereitschaft bilden, andere, wesentlich wichtigere »Wahrheiten« über uns selbst und unsere Beziehungen zu anderen Menschen anzuerkennen –, zerstört die Gewißheit, mit der wir das gesellschaftliche Gewebe zu begreifen glauben, aber just auf dieser Gewißheit beruht ja unser so überaus labiles psychologisches Gleichgewicht. Kein Wunder also, daß die Öffentlichkeit Koechlins Originalzeichnung des Turms zwar gesehen, aber nicht beachtet hat.[1]

1 Koechlins *Tagebuch* zeigt, daß Freud ihn im wesentlichen richtig beurteilt hat. In dem Tagebuch sind auch Koechlins Besuche bei Freud verzeichnet. Wie der folgende, hier mit freundlicher Genehmigung der Familie abgedruckte Eintrag zeigt, werden Freuds Vermutungen durch Koechlins Kommentare bestätigt. Der Freud-Forscher Kurt Fischer hat mich dankenswerterweise darauf hingewiesen, daß Freud auf ähnlich ambivalente Reaktionen auch von seiten seiner Anhänger stieß, und zwar jedesmal, wenn er entweder seine theoretischen Vorstellungen in bedeutenden Punkten änderte oder die Ideen anderer ohne Angabe der Quelle in seine Werke übernahm. In dem *Manuskript* hält Freud ein solches Verhalten für unverzeihlich; ohne ein moralisches Urteil abzugeben – denn solche Urteile wären bedeutungslos und irreführend –, erklärt er ein solches Verhalten für einen Grundpfeiler gesellschaftlicher Stabilität. Ein urkundlicher Beweis, der lange anerkannte »Wahrheiten« zerstört, muß ignoriert werden. Gesellschaften entwickeln so etwas wie Blindheit gegenüber allem, was die gesellschaftliche Ordnung stören könnte. Genau darauf zielen denn auch Freuds noch folgende Bemerkungen über die Entrüstung, die Leute wie Eiffel oder Wagner äußern, wenn ihnen irgendein Unrecht vorgehalten wird. Der Wert eines Individuums, seine psychologische Stabilität, hängt nicht von den »Wahrheiten« über seine Vergangenheit ab, sondern von der gesellschaftlichen Anerkennung dieser Wahrheiten. Freud scheint anzudeuten, daß in dem Moment, wo die Gesellschaft die Werke eines Freud oder Einstein irgendeinem normalen Bürger »zuschriebe« und ihn mit all den Ehren behandelte, die dem historischen Freud oder Einstein gebührten, dieser normale Bür-

Ich beharrte jedoch nicht auf diesem Punkt. Wieder klopfte Anna an die Tür und sagte, es sei besser für mich, das Gespräch jetzt zu beenden, machte aber, als sie meine Enttäuschung bemerkte, den Vorschlag, Herr Koechlin könne ja vielleicht am nächsten Tag noch einmal vorbeischauen.

Am folgenden Tag kam Koechlin zur verabredeten Nachmittagsstunde wieder. Er war außerordentlich erregt und sagte, er habe mir vieles mitzuteilen, er habe die ganze Nacht über unser gestriges Gespräch nachgedacht. Es sei schon wahr, sagte er, daß Eiffel, nachdem er die Rechte an dem Turm erworben habe, eine ungeheure Werbekampagne begonnen und »seinen« Turm in zahllosen Druck-

ger keinerlei psychologische Schwierigkeiten hätte, die ihm zugeschriebene Rolle zu akzeptieren – ja, er würde sich darin so gut gefallen, daß er jede Herausforderung seiner Autorität mit Verachtung strafen würde.

Ebendieses für die Argumentation des *Manuskripts* zentrale Phänomen vermochte Koechlin nicht zu begreifen, und es war gewiß auch die Ursache für die Blindheit des Publikums der Pariser Weltausstellung von 1937, das die dort gezeigte Originalzeichnung des Turms einfach nicht wahrhaben wollte. Koechlins Geschichte wurde noch ein zweites Mal der Öffentlichkeit präsentiert, nämlich in zahlreichen Publikationen, die zur Hundertjahrfeier des Eiffelturms (1989) erschienen und vermutlich doch weite Verbreitung fanden. Die Autoren dieser Schriften gaben die Geschichte genau so wieder, wie Koechlin sie Freud erzählt hatte, und doch sprach niemand in diesem Zusammenhang von »Koechlins Turm« oder sah sich bemüßigt, Eiffels Mitarbeiter ebenso zu preisen wie Eiffel selbst. Es überrascht denn auch nicht, daß ihre Ausführungen auf das Lesepublikum keinerlei Eindruck machten, waren doch die Autoren selbst nicht in der Lage, die wahre Bedeutung ihrer Argumente im Ganzen zu erfassen. (Vgl. etwa Bernard Lemoine: *La Tour de Monsieur Eiffel*, Paris 1989: »*son génie* [de Eiffel] *n'est pas d'avoir inventé la Tour, c'est de l'avoir réalisée et de lui avoir donné son nom*« [S. 29]. Eiffels Genie bestand nicht darin, den Turm erfunden zu haben, sondern darin, daß er ihn realisiert und ihm seinen Namen gegeben hatte.) Nichts davon würde den Autor des *Manuskripts* überrascht haben.

Hier nun der Eintrag in Koechlins *Tagebuch*:

schriften beschrieben habe. So habe er die Unterstützung wichtiger Mitglieder des Organisationskomitees der Weltausstellung gewinnen können, und als dann ein internationaler Wettbewerb ausgeschrieben worden sei, habe das Komitee den Architekten lediglich zwei Wochen Zeit gegeben, Pläne für einen Turm einzureichen, der eine der Hauptattraktionen der Ausstellung werden sollte. Eiffel habe den Wettbewerb trotz erheblichen Widerstands gegen seine Pläne gewonnen.

Natürlich, sagte Koechlin mit einem Selbstvertrauen, das er aus seinen nächtlichen Grübeleien gewonnen zu haben schien, habe Eiffels Firma beim Bau einiger der kühnsten Brücken Europas beträchtliche Erfahrung gesammelt,

»Gewiß war es ein Fehler von mir, die Zeichnung des Turms erst zu einem so späten Zeitpunkt herauszugeben, aber es ist mir unmöglich, die Leute davon zu überzeugen, daß es früher keinen Sinn gehabt hätte. Ich dachte, daß Freud, dessen Reputation derjenigen von Gustave Eiffel in nichts nachsteht, mir vielleicht sagen könnte, was denn so falsch an meinem Versuch gewesen war, der Öffentlichkeit einen *urkundlichen* Beweis dafür vorzulegen, wie es sich mit der wahren Urheberschaft des Turms verhält. Ich wollte ja nicht Eiffels Verdienste schmälern, wie Freud zu glauben schien. Sondern ich habe lediglich zu Protokoll geben wollen, daß wir – Nouguier, Sauvestre und ich – nicht unerheblich an dem Projekt beteiligt waren und daß es ohne uns wahrscheinlich niemals verwirklicht worden wäre. Freud beharrte darauf, daß ich mich irre, und ich konnte ihn nicht davon überzeugen, daß ich es doch schließlich wissen müßte, da ich ja bei allen Ereignissen, die ich ihm schilderte, persönlich zugegen gewesen war. Er sagte mir, ich täusche mich selbst über meine Wichtigkeit, und bemerkte, Selbsttäuschung sei etwas, woran er nichts ändern könne. Er meinte, es habe mich gewiß mit großer Befriedigung erfüllt, als Eiffel wegen des Panamaskandals vor Gericht gestellt und verurteilt wurde [vgl. S. 159]. Aber das stimmt einfach nicht. Gustaves öffentliche Demütigung hat mich damals sehr erregt, so sehr, daß ich mich persönlich mit gedemütigt fühlte, obwohl ich mit der Panamaaffäre gar nichts zu tun hatte. Tatsächlich hatte ich nach dieser Affäre jede Lust verloren, die Wahrheit über den Turm ans Licht zu bringen. Ich habe Eiffel niemals demütigen wollen und er, Koechlin, erklärte er stolz, indem er noch einmal wiederholte, was er mir bereits gesagt hatte, sei für sämtliche Berechnungen sowie für die Baustellenaufsicht während der gesamten Bauzeit zuständig gewesen. Und wie die Brücken sei auch der Turm ausschließlich aus vorgefertigten Einzelteilen errichtet worden; jeder einzelne Träger wurde in der Fabrik nach Maß hergestellt und vor der Lieferung an die Baustelle mit allen erforderlichen Nietlöchern versehen. Bei den Löchern würden schon Abweichungen von nur einem Zentimeter dazu geführt haben, daß die Träger nicht hätten eingebaut werden können und die Bauzeit um Jahre überschritten worden wäre. Koechlin persönlich habe mehr als 1700 Bauzeichnungen angefertigt

und bin mir sicher, daß die Presse damals einen großen Skandal aus etwas gemacht hätte, das nur der Richtigstellung dienen sollte. Wahrscheinlich war der Bau des Turms die einzige Freude, die Eiffel in den Jahren nach der ›Affäre‹ noch geblieben war, und da er gewiß sehr viel zu leiden hatte, war ich froh, daß er sich wenigstens an der Erinnerung an die gemeinsamen Jahre mit uns erfreuen konnte, als wir uns mit dem Bau beschäftigten, und nicht noch zusätzlich dadurch gedemütigt wurde, daß ich den Originalentwurf der Presse zeigte. Von Freud hatte ich mir erhofft, er würde mir erklären, warum die Zeichnung auf der Weltausstellung, als doch gar keine Gefahr mehr bestand, daß Eiffels Ruf noch weiter beschädigt werden könnte, sang- und klanglos untergegangen ist. Freuds Bemerkung, ich ginge zu weit, schließlich stünde mehr auf dem Spiel als nur der Turm, habe ich nicht verstanden. Indem ich die Urheberschaft an dem Turm in Frage stellte (was ich ja eigentlich gar nicht tue), zöge ich tief verwurzelte Überzeugungen über das Wesen der Gesellschaft in Zweifel. Ehrlich gesagt, hatte ich keine Ahnung, was er damit meinte, und kam zu dem Schluß, daß es keinen großen Sinn hatte, einem Mann, mit dessen Gesundheit es offensichtlich nicht mehr zum Besten stand, noch weiter zuzusetzen. Die Psychologie ist wahrhaftig keine großartige Wissenschaft!«

Es folgt eine lange Wellenlinie, ein Fragezeichen, ein Ausrufezeichen und dann in Koechlins unsicherer Hand: »Vielleicht wurde ich hinters Licht geführt!«

und in seinem Büro die Ausführung der insgesamt 3629 Detailzeichnungen überwacht, die Émile Nouguier zur Produktion der Träger benötigt habe.

Und Eiffel?, fragte ich ihn. Was hatte Eiffel mit dem Bau zu tun?

Er sah mich verwirrt an und sagte: »Nun, es war sein Turm. Er hatte ihn möglich gemacht, hatte die Finanzierung besorgt. Der Turm gehörte ihm.«

Die Selbstsicherheit, mit der er das sagte, schien mir darauf hinzudeuten, daß er vor nahezu einem halben Jahrhundert, unter dem aufregenden Eindruck der Bauphase und des enormen Aufsehens, das damit verbunden war, genau dasselbe gesagt hatte wie jetzt zu mir.

Verblüfft reagierte er auf meine Frage, ob er denn wirklich glaube, daß der Turm Eiffels Werk sei. Denn das war doch offenbar der Grund seines Besuchs. Nun aber, in meiner Praxis, wurde er zaghaft und geriet leicht ins Stottern, als er sagte: Nun ja, natürlich sei der Turm Eiffels Werk, er habe nie etwas anderes behauptet. Er habe immer *für* Eiffel gearbeitet und niemals geglaubt, daß irgend jemand anders als Eiffel für den Erfolg all der Projekte, an denen er gearbeitet habe, verantwortlich sei. Er habe Eiffel sehr viel zu verdanken, das habe er nie bestritten.

Warum er dann zu mir gekommen sei? Warum er mir die Zeichnung gezeigt habe?, fragte ich, worauf er mich ansah, als brächten ihn diese Fragen in Verlegenheit. Für einige Augenblicke wirkte er wie gelähmt. Mir war dergleichen seit langem vertraut: der Konflikt mit sich selbst, das, was ich immer als Folge von Schuldgefühlen erklärt hatte, die aus Kindheitskonflikten herrühren. Aber nicht Schuldgefühle waren der Grund dafür, daß Millionen von Besuchern der letzten Weltausstellung in Paris Koechlins Originalentwurf des Turms entweder gar nicht oder nur mit gleichgültiger Neugier wahrgenommen hatten. Wahrscheinlich hatte nicht ein einziger von ihnen die Ungereimtheit bemerkt, die Tatsache, daß die überlieferte Geschichte des Bauwerks, das zum Symbol ihres Jahrhunderts geworden war, nicht der historischen Wahrheit entsprach.[2] Das Anzweifeln von Autorität ist sicher kein moralischer Akt, und inwieweit wir sie akzeptieren, ist durch psychologische Umstände bedingt, die nicht, wie ich früher einmal erklärt habe, von Ambivalenzen oder Schuldgefühlen abhängen, sondern von dem Bedürfnis nach psychischer Stabilität, dem Bedürfnis nach einem Rahmenwerk, innerhalb dessen wir unser tägliches Handeln organisieren können.

Wir stellen Autorität nur deshalb nicht in Frage, weil wir nichts an ihre Stelle zu setzen haben. Wir haben keine Hoffnung, selbst jemals an die Macht zu kommen – schlimmer noch, wenn wir diejenigen verlieren, die unserem Leben Form geben, sind wir vollkommen ratlos und unfähig, unser Leben, das die gesellschaftlichen Strukturen für uns organisiert haben, selbst zu organisieren. Genau darin bestand Koechlins Problem. Er hatte alles, was er war, Eiffel

2 Es gibt noch einen anderen Aspekt der falsch »überlieferten Geschichte« des Eiffelturms, der Freud wahrscheinlich nicht bekannt war. Die brillante Mathematikerin Sophie Germain (1776–1831) hat mit ihrem Werk zur mathematischen Theorie der Elastizität einen entscheidenden Beitrag zum Bau des Turms geliefert. Ihr Name findet sich aber nicht auf der am Turm angebrachten Inschrift mit zweiundsiebzig Namen von Personen, die in irgendeiner Weise zu dem Bau beigetragen haben. (Vgl. E. T. Bell: *Men of Mathematics*, New York 1965, S. 261–263, und Simon Singh: *Fermat's Last Theorem*, London 1997, S. 119.)

zu verdanken, und hätte er Anspruch auf größere Anerkennung erhoben – was er natürlich hätte tun sollen –, würde er damit ebendas Gewebe gesellschaftlicher Beziehungen zerstört haben, das ihm seine Erfolge überhaupt erst ermöglicht hatte. Er wußte, daß er Eiffel brauchte; er wußte aber auch, daß er, solange er von ihm abhängig war, seine eigenen Wünsche und Bedürfnisse nicht würde befriedigen können.

Moral ist für unsere gesellschaftlichen Strukturen und unsere psychische Stabilität eindeutig irrelevant. Nicht Schuldgefühl, sondern *Gelähmtheit* kennzeichnet unser Verhältnis zur Autorität; und ebendiese Lähmung ist die einzige moralische und psychologische Herausforderung, die wir denjenigen stellen können, die uns gestohlen haben, was wir mit Recht als unser Eigentum betrachten. Tatsächlich werden wir bei entsprechender Gelegenheit – wie Koechlin mir mehr oder weniger deutlich gesagt hatte – von unseren moralischen »Beschränkungen« gelähmt. Wir können nicht beanspruchen, was uns rechtmäßig zusteht, weil wir, um einen solchen Anspruch überzeugend geltend zu machen, anderen antun müßten, was einst uns selbst angetan wurde. Nicht die Angst, Unrecht zu tun, lähmt uns, sondern die Angst, daß wir, auch wenn wir Unrecht tun, keinen Erfolg haben könnten. Was wir »Moral« nennen, ist letztlich Angst: Angst zu versagen, wo andere uns immerhin ein Minimum an seelischer Ruhe gestattet haben. Moral ist Angst und verurteilt uns zu einer psychischen Ambivalenz, aus der es keinen Ausweg gibt.

Und Koechlin hatte, obgleich er es nicht direkt zum Ausdruck bringen konnte, seine Gelegenheit gehabt. Als ich ihn fragte, was er denn in bezug auf Eiffels Diebstahl an seiner Arbeit unternommen habe, gab er nur eine ausweichende Antwort. Plötzlich wurde er sehr selbstsicher und behauptete, es sei nicht nötig gewesen, etwas zu unternehmen. Noch während der Bauphase des Turms habe Eiffel mit den Vertragsverhandlungen zum Bau des Panamakanals begonnen, und davon habe er schließlich großartig profitiert.

Anfang der neunziger Jahre des neunzehnten Jahrhunderts – zu der Zeit war der Turm noch eine der größten Attraktionen der Welt – habe die für die Finanzierung des Kanals verantwortliche Firma Bankrott gemacht, und dann habe sich herausgestellt, daß die wichtigsten Geldgeber, die Lesseps, betrügerische Manipulationen vorgenommen hatten. Bei dem Skandal hätten viele kleine Anleger ihre Ersparnisse verloren, und Eiffel und die Lesseps seien zu Gefängnisstrafen verurteilt worden.

Koechlin schien äußerst stolz auf diese Geschichte. In der Berufungsverhandlung wurde Eiffels Gefängnisstrafe annulliert, da er nicht an den finanziellen Machenschaften der Firma beteiligt gewesen und von den Geldgebern lediglich als Bauunternehmer eingestellt worden sei. Die Millionen Franc, die er als Profit eingestrichen hatte, durfte er behalten, aber sein Name war fortan befleckt.

Offenbar hat Koechlin das als starke Genugtuung empfunden. Als Eiffel ihm dann aber die Leitung der Baugesellschaft überließ, trat seine eigene Unfähigkeit zutage. Zwar blieb das Unternehmen unter seiner Ägide erfolgreich, machte aber seither keine Schlagzeilen mehr. Es gelang Koechlin nicht, seine Position dazu auszunutzen, die Anerkennung zu bekommen, deren Ausbleiben ihn vierzig Jahre später dazu getrieben hatte, mit mir zu sprechen.

Aber Koechlin war auch ein Bote aus meiner eigenen Vergangenheit, aus einer Zeit, in der ich ihm mit großer Zuversicht einen Weg zur Selbsterkenntnis gewiesen haben würde, welche die Konflikte, die seine Geschichte prägten, durchaus hätte lösen können. Inzwischen aber hatte ich das Vertrauen in meine eigenen Ansichten verloren, und als Koechlin mich an jenem Nachmittag verließ, kann er nur enttäuscht von mir gewesen sein. Ich habe ihn nie wiedergesehen.

Die Geschichte hat aber noch einen anderen Aspekt, den ich gern genauer verstehen würde. Menschen wie Eiffel sind mir immer noch ein Rätsel, Menschen, die sich ohne den leisesten Anflug von schlechtem Gewissen von Freunden, Kollegen und der Öffentlichkeit für etwas preisen lassen, das, wie sie ganz genau wissen, nicht ihr Werk ist. Der Erfolg dieser Leute, so schal er auch sein mag, deutet darauf hin, daß die Untersuchung meiner eigenen Vergangenheit und der meiner Patienten ein Irrweg war, der ins Nichts geführt hat.

Unser gegenwärtiges und vergangenes Handeln scheint mir von keiner Bedeutung zu sein. Es ist nur eine Farce, ein Streben nach Ruhm um jeden Preis. Unser Wert wird nicht von uns selbst bestimmt, nicht von unserem Leben oder von unseren Werken, sondern allein von der Gesellschaft. Nicht wir selbst liegen uns am Herzen; was wir wünschen, brauchen und suchen ist die Bewunderung der anderen. Bewunderung ist Selbstzweck, auch für Eigenschaften, die wir gar nicht besitzen. Gewiß sind wir Gesellschaftswesen, doch die Bedeutung, die unsere Gesellschaft, unsere Familien und Freunde für uns haben, bemißt sich allein nach dem Wert, den diese uns beilegen.[3]

Die Konflikte, die ich früher als wesentlich für unser Seelenleben betrachtet habe, sind als Verinnerlichung des äußeren Wunsches nach Anerkennung anzusehen. Unsere Bereitschaft, Beifall und Bewunderung um jeden Preis zu akzeptieren, spiegelt die Komplexität der modernen Gesellschaften wider, unser zwanghaftes Bedürfnis, unseren Rang innerhalb der Gesellschaft geltend zu machen. Und haben wir erst einmal den Beifall der Gesellschaft erhalten, begegnen wir jeder Herausforderung dessen, was wir für unsere *moralische Autorität* halten, mit Unverständnis. *Leute wie Eiffel, Wagner oder Kozlowski unterscheiden nicht zwischen Autorität und »moralischer« Autorität, und dieser Mangel an Unterscheidungsvermögen ist ein unserer Psyche inhärentes Charakteristikum.* Eine Gesellschaft, die von einem Gustave Eiffel eine so hohe Meinung gehabt hat, kann nicht plötzlich umkehren und ihm vorwerfen, er habe Unrecht getan, und zwar deshalb nicht, weil jemand, der

3 Wenngleich Freud sich hier nicht direkt mit dem Thema Geld beschäftigt, könnte man aus seinen Ausführungen doch schließen, daß die Erfindung des Geldes auf psychologische Bedürfnisse zurückgeht, die nichts mit dem gewöhnlich angenommenen Streben nach Macht zu tun haben. Noch wichtiger als letzteres ist vielleicht, daß Geld einem Individuum so etwas wie einen Anspruch auf Anerkennung oder Prestige verschafft, ohne daß irgend jemand danach fragt, *warum* oder *wie* der Betreffende einen solchen Status erlangt hat. Es könnte sein, daß Freud diesem Thema hier ausweicht, weil er in seinen früheren Werken argumentiert hatte, Geld sei »Schmutz«, »Kot«, »Exkrement« usw. – eine Vorstellung, die bereits impliziert, daß das Eigentümliche des Geldes darin besteht, daß die Vergangenheit (wie wir an es gelangt sind) irrelevant ist.

Autorität besitzt, schlechthin nicht Unrecht tun *kann*. Daher Eiffels Pikiertheit über die in Zusammenhang mit der Panamaaffäre gegen ihn erhobenen Vorwürfe; daher auch Wagners Pikiertheit über die nach dem Großen Krieg gegen ihn erhobenen Vorwürfe. Die über keine Autorität verfügen, die Schwachen, stellen die Autorität »moralisch« in Frage, aber das hat seinen Grund nicht in moralischer Überlegenheit, sondern in dem Bedürfnis, bemerkt zu werden. Was wir Moral nennen, ist der Versuch des Individuums, sich selbst zu behaupten, sich das Gefühl der eigenen Bedeutung zu verschaffen. Und ob wir unseren Anspruch auf Anerkennung mit Hilfe von Betrug, List, Mord und Gewalt oder vermittels tatsächlich vorhandener Überlegenheit durchsetzen, ist vollkommen nebensächlich. Wir brauchen Anerkennung – wie wir sie bekommen, ist unserer Psyche gleichgültig. Unser Streben gilt nicht der Bewältigung der Vergangenheit, sondern der Frage, wie wir andere erfolgreich so hinters Licht führen können, daß sie die Vergangenheit zu unseren Gunsten uminterpretieren. *Wir sind nicht von Erinnerungen besessen, sondern davon, Erinnerungen zu erfinden, die für uns von Vorteil sind.*

Früher war ich der Überzeugung, Selbsterkenntnis sei schon an sich ein lohnendes Ziel, heute aber muß ich zugeben, daß ich mich selbst und all diejenigen getäuscht habe, die meinen so zuversichtlich vorgetragenen Lehren geglaubt haben. Wir existieren im Verhältnis zu anderen, und im Zentrum des komplexen Zusammenhangs jener Kräfte, die uns wechselseitig anziehen und abstoßen, steht das Bedürfnis zu spüren, daß die anderen unsere Existenz nicht ignorieren können. Ein armer Mann, der gelegentlich einen Diebstahl verübt, versucht damit zweifellos nur seinen Rang in der Gesellschaft zu behaupten, und Tyrannei, intellektuelle und politische, mag durchaus die äußerste und einzig sinnvolle Befriedigung sein, welche die Menschen als Quelle ihres Selbstwertgefühls akzeptieren können. Wir folgen unseren Führern aus dem Bedürfnis heraus, selbst so zu sein wie sie, und wie Koechlin halten wir ihnen die Treue und bewundern sie, weil sie sich als fähig erwiesen haben, so vielen Leuten so lange Zeit Sand in die Augen zu streuen. Ich frage mich, ob auch ich nicht einen Mann bewundern könnte, der in der Lage wäre, die Welt davon zu überzeugen, daß er, und nicht ich, der Verfasser der Werke sei, mit denen ich mich ein Leben lang geplagt habe.[4]

4 Vielleicht der letzte vollständige Satz, den Freud in seinem Leben geschrieben hat. Es folgen mehrere Sätze, die ausgestrichen und nicht mehr zu entziffern sind. Wahrscheinlich beziehen sich diese Bemerkungen auf Emma Benesch-Schilder und das *Manuskript*, das er ihrer Mutter, Adelaide Benesch, übergeben hatte. Darauf deuten jedenfalls einige Notizen am unteren Rand des Blattes: »Emma« und »Emma B.; Emma B.-F.«. Freuds Sorge um die Frage der Autorschaft, zu einer Zeit, da seine veröffentlichten Werke und sein Name längst weithin bekannt waren – und er wahrhaftig zu den berühmtesten Männern seiner Epoche, wenn nicht des Jahrhunderts zählte –, kann nur daher rühren, daß er sich nicht sicher sein konnte, was Emma oder irgendein späterer Nachfahre, den er niemals kennenlernen würde, mit seinem Manuskript einmal anfangen würde. Oder galt seine tiefere Sorge der eigenen Reputation – durfte Freud (indem er Freud in Frage stellte) ein Werk hinterlassen, das selbst seine größten Leistungen übertraf und sein Vermächtnis für alle Zeiten ändern würde?

Anna Freud:

Anmerkungen zu einem Gespräch mit Johnny von Neumann

[Nachdem das Freud-Archiv von dem *Megalomanie*-Manuskript erfahren hatte, gab es den auf den vorangehenden Seiten abgedruckten Aufsatz »Der Turm zu Babel« zur Veröffentlichung frei. Kurz bevor das *Manuskript* in Druck ging, stellte mir der Vorstand auch Anna Freuds Anmerkungen zu einem Gespräch mit John von Neumann zur Verfügung, das Anfang der fünfziger Jahre in London stattgefunden haben muß. Das Manuskript ist nicht datiert, stammt aber nach Auskunft des Freud-Archivs vermutlich aus dem Sommer 1980. Die beiden hatten sich nachmittags zum Tee getroffen, und von Neumann äußerte sich über das Verhältnis der Freudschen Theorie zu jenen Theorien, die sich damals aus den Anfängen der Kybernetik und der Computerwissenschaften, den heutigen Kognitionswissenschaften, zu entwickeln begannen. Ich habe in meiner Einführung kurz darauf hingewiesen. Mein Dank gilt dem Archiv für die Überlassung dieses Textes und für die Erlaubnis, ihn zusammen mit Freuds Manuskript abzudrucken. Lediglich in der Interpunktion wurden einige geringfügige Änderungen vorgenommen. Der Text wurde in Englisch verfaßt und war vermutlich nicht zur Publikation gedacht. Aufgrund der Aufschlüsse, die er zu dem vorliegenden Werk geben könnte, glaube ich jedoch sagen zu können, daß Anna Freud der Veröffentlichung als einer Art Schlußwort zum letzten bedeutenden Werk ihres Vaters zugestimmt haben würde. Ich hoffe, der Leser wird meiner Einschätzung beipflichten. *A. J. S.*]

Ein Artikel in der heutigen *Times*, in dem über einen schachspielenden Computer berichtet wurde, erinnerte mich an Johnny von Neumanns letzten Besuch in Hampstead vor mehr als zwanzig Jahren.[1] Ich hatte Johnny als genialen jungen Mathematiker kennengelernt, der in Deutschland einen Lehrstuhl hatte. Später half er den Amerikanern die Bombe bauen; nach dem Krieg wollte er noch größere Bomben bauen und damit die Russen angreifen. Aber ich hätte mir niemals träumen lassen, daß das Büchlein, das seine Frau Klara mir nach seinem Tod geschickt hat – Johnnys posthum erschienenes Werk *Die Rechenmaschine und das Gehirn* –, einmal zu einem radikal neuen Menschenbild beitragen würde.

Sein Cousin Ferenczi hatte uns 1928 Johnnys Aufsatz über die Spieltheorie geschickt und dazu bemerkt, dies sei ein sehr tiefgründiger Text, der sich eines Tages als äußerst bedeutungsvoll für die Interpretation des alltäglichen Um-

1 Den Artikel, auf den Anna Freud sich hier bezieht, habe ich nicht nachweisen können. Für die Jahre 1979 und 1980, in denen Anna Freud diese Notizen vermutlich niederschrieb, hat die *Times* keinen Generalindex.

gangs der Menschen miteinander erweisen würde.[2] Jedoch vermochten wir den tieferen Sinn von Johnnys Arbeit nicht zu erkennen. Einige Jahre darauf kam Johnny nach Wien, und oft saßen er und mein Vater nachmittags zusammen, spielten Poker und erzählten sich Witze. Er konnte unglaublich gut bluffen, war aber ein sehr schlechter Verlierer, was meinen Vater freilich nicht zu stören schien. Es ist ein Jammer, daß Johnny den Zusammenhang zwischen seinem Werk und dem meines Vaters damals noch nicht gesehen hatte. Zweifellos wäre mein Vater davon fasziniert gewesen.

Bei unserem Gespräch an jenem Nachmittag in Hampstead aber war er sich dieses Zusammenhangs bewußt, auch wenn ihm davon zunächst nichts anzumerken war, weder als er über seine Maschinen und ihre Fähigkeit sprach, sämtliche Vorgänge im menschlichen Gehirn nachzuahmen, noch als er sagte, er freue sich schon auf den Tag, da er eine Maschine bauen könne, welche die Kunst des Bluffens und Betrügens meisterhaft beherrschen werde. Dann aber sagte er, er habe in letzter Zeit einiges von Freud gelesen und sei zu dem Schluß gekommen, daß Freud (wie auch er, Johnny, selbst) geglaubt habe, daß die Einsicht in das Wesen von Irreführung und Mißtrauen entscheidend für unser Verständnis *aller* Formen menschlichen Verhaltens und der *Funktionsweise des Denkens* sei. Und dann behauptete er mit einer Kühnheit, die mir, wie

2 Zu Einzelheiten über von Neumann und seinen Aufsatz von 1928 vgl. Anmerkung 6, S. 178–179. Sándor Ferenczi (1873–1933) war einer von Freuds engsten Mitarbeitern. Er und von Neumann stammten aus Budapest und waren in der Tat Vettern.

ich gestehen muß, die Sprache verschlug, daß es sich bei Freuds Theorie des Unbewußten, der Verdrängung und des Ödipuskomplexes, wenn man es sich recht überlege, in Wahrheit um eine Theorie von Selbsttäuschung, Betrug und Vergeltung handele.

»Stimmt's?«

Ich war mir nicht sicher. Und doch beunruhigten mich seine Worte noch lange Zeit danach.

Ich habe ihn nie wiedergesehen.

Ich fand es eigenartig, daß jemand, der so leidenschaftlich bluffte, tatsächlich glauben konnte, daß das Täuschen einer *Logik* unterliege, die man von einer Maschine imitieren lassen könne, und daß die Kunst des Gewinnens nichts anderes als eine lange Reihe von Berechnungen sei. Eigenartig war dies, weil Johnny von Neumann ja das Täuschen *um des Täuschens willen* betrieb. Ich erinnere mich noch an seine Bemerkung, Schach sei eigentlich gar kein richtiges Spiel. Wenn man sich erst einmal damit auskenne, habe man die Gewißheit, jedesmal zu gewinnen (oder zu verlieren, wenn man auf der falschen Seite anfange). Ihn aber faszinierte es gerade, *nicht zu wissen*, wie sich die jeweiligen Täuschungsmanöver auswirken würden. Hätte Johnny jedes einzelne Spiel gewonnen – hätte er im voraus gewußt, daß er immer gewinnen würde –, dann hätte das Gewinnen ihm einfach keinen Spaß gemacht – und natürlich auch keinem anderen. Gewiß ärgerte es ihn sehr, wenn er verlor, wenn ihm irgendein Streich gespielt wurde, aber der Reiz des Bluffens und Täuschens bestand für ihn gerade in der Unsicherheit, die das Ganze spannend machte. Und trotzdem wollte Johnny die der Unsicherheit zugrunde liegende Rationalität ergründen – einerseits wollte er in einer Welt leben, in der es spannend zuging, andererseits wollte er in der Lage sein, das Ergebnis vorauszusagen. Ich erinnere mich noch an sein eigenes Eingeständnis, daß mit seiner »Theorie« etwas nicht in Ordnung sei.[3]

Jedenfalls beunruhigte es mich, als er mir erklärte, daß die Freudsche Theorie – deren Entstehen ich Tag für Tag miterlebt hatte – im Grunde etwas enthalte, das mir bis dahin noch nie in den Sinn gekommen war: daß nämlich *Verdrängung* nur ein anderer Ausdruck für das Verhalten eines *klugen Taktikers*, eines *Bluffers*, eines *Lügners* und *Betrügers* sei. (Ein Unterschied zwischen Freud und von Neumann bestand allenfalls darin, daß Johnny sich mehr dafür interessierte, wie wir *uns gegenseitig* täuschen und betrügen, während Freud wissen wollte, wie wir *uns selbst* betrügen.[4]) Freud, sagte Johnny, sei dabei, einer höchst

3 Aus diesen Darlegungen Anna Freuds wäre zu folgern, daß jemand, der lügt, ohne sich selbst für einen Lügner zu halten, wie eine Maschine »denkt«. Er ist sich seiner selbst nicht bewußt. Lügen setzt die Fähigkeit voraus, über sich selbst nachdenken zu können. Wenn eine Maschine »behauptet«, sie sei Greta Garbo, ist es offenbar sinnlos, ihr vorzuwerfen, daß sie lüge, da Maschinen ja in Wahrheit gar nicht von sich selbst »sprechen« können. Beim pathologischen Lügner – dem es in gewissem Sinne an Selbstbewußtheit mangelt – ergibt sich das Problem, daß man ihm, wenn man ihn der Lüge zeiht (das heißt, wenn man ihm sagt, daß er nicht ist, was er zu sein behauptet), geradezu die Existenz abspricht.

4 Anna Freud kannte Freuds *Manuskript* offenbar nicht, sonst würden von Neumanns Bemerkungen ihr nicht so befremdlich erschienen sein. Der Leser weiß, daß Freud in dem *Manuskript* ja selbst davon spricht, daß Selbsttäuschung ein wesentliches Merkmal der Psyche ist, und daß er diese Vorstellung sogar als eine bezeichnet, die für ihn immer von zentraler Bedeutung gewesen sei. Wir könnten sogar sagen, daß das *Manuskript* mit der dort vorgetragenen neuen Betrachtungsweise Freuds *Œuvre* »rettet« und zudem eine untergründige Beziehung zu den von von Neumann bearbeiteten Problemen herstellt. Sowohl für Freud als auch für von Neumann war das Verständnis der Mechanismen der *Täuschung* eine wesentliche Voraus-

raffinierten mathematischen Wissenschaft einverleibt zu werden. Vielleicht hätte ich mich für meinen Vater freuen sollen, aber damals hat mich das nur verwirrt.[5]

Dennoch erinnerten mich diese Ausführungen über Bluff und Täuschung an einen ziemlich seltsamen Vorfall, der sich zugetragen hatte, als ich eines Abends spät nach Hause gekommen war. Bei meinem Vater war noch Licht, und ich klopfte leise bei ihm an und öffnete, ohne auf eine Antwort zu warten, die Tür. Ich dachte, er sei vielleicht eingeschlafen, sah ihn aber zu meiner Überraschung am Schreibtisch arbeiten. Auch er war überrascht. Er sah mich schweigend an, den Federhalter in der Hand, das Gesicht schmerzlich verzogen. Ich fragte, ob er eine Tasse Tee haben wolle. Er

setzung bei der Erforschung psychischer Vorgänge, auch wenn sie die Frage jeweils aus ganz verschiedenen Blickwinkeln angegangen sind. Die heutigen Kognitionswissenschaften müssen die Bedeutung dieser Frage erst noch erkennen. Vielleicht hilft ihnen das *Manuskript* dabei.

5 Manche Leser, die mit der heute häufig zu hörenden These vertraut sind, Freud sei kein Wissenschaftler gewesen – es habe ihm »an den empirischen und ethischen Skrupeln gemangelt, die wir von jedem verantwortungsbewußten Wissenschaftler, und erst recht von einem bedeutenden, erwarten« (vgl. Frederick Crews: *The Memory Wars*, *op. cit.*) –, dürfte es überraschen, daß John von Neumann, ein Wissenschaftler mit absolut untadeligen Referenzen, Computersimulationen als »exakte« Erweiterungen von Freuds Gedanken bezeichnet haben soll. Freuds bekannte These: »Der Trieb kann nie Objekt des Bewußtseins werden, nur die Vorstellung, die ihn repräsentiert« (Freud: *Das Unbewußte*, in: Studienausgabe, Bd. III, S. 136), unterscheidet sich nicht wesentlich von derjenigen der modernen Kognitionswissenschaft, nach der wir uns »der Rechenoperationen und der physikalischen Manipulationen von Symbolen nicht bewußt sind, sondern allenfalls der *Ideen*, die diese Symbole repräsentieren; ebenso wie wir uns nicht der jeweiligen Zustände der Computerschaltungen bewußt sind, sondern nur der Worte und Bilder, welche durch jene Schaltungen auf den Monitor und so in unsere Augen übertragen werden«. Zu Norbert Wieners Bemerkungen zur Spieltheorie siehe die Anmerkungen, S. 185–186.

sagte nein, er sei mitten in einer Arbeit und fürchte, den Faden zu verlieren, wenn er jetzt eine Pause mache. Und dann sagte er gute Nacht und bedeutete mir mit einer Handbewegung, daß ich die Tür schließen sollte.

So war ich noch nie zuvor von ihm fortgeschickt worden, und ich hätte gern geglaubt, daß dies nur seiner Krankheit zuzuschreiben sei. Aber so sehr ich mir das auch einzureden versuchte, in Wahrheit *wußte* ich, daß er mit etwas beschäftigt war, an dem er mich nicht teilhaben lassen wollte. *Er schrieb etwas, das ich nicht sehen sollte.* Endgültig überzeugt war ich, als ich am nächsten Tag sein Arbeitszimmer nach den Papieren absuchte, die ich ordentlich gestapelt auf seinem Schreibtisch gesehen hatte. Das Blatt, auf dem er geschrieben hatte, als ich ins Zimmer gekommen war, trug am oberen Rand Namen und Anschrift des Hotels Brésil in Paris. Er hatte auf der freien Rückseite des Blattes geschrieben. Die Anordnung der Papiere auf dem Schreibtisch ließ darauf schließen, daß er an einem Manuskript arbeitete. Aber warum hätte er dazu irgendein altes Hotelbriefpapier benutzen sollen? Und warum hatte er so verärgert reagiert, als ich ihn beim Schreiben überrascht hatte?

Er verbrachte die nächsten zwei Tage in seinem Arbeitszimmer, und ich nahm mir vor, ihn nicht zu stören. Jones kam mit zwei Studenten vorbei, und Freud sprach eine Stunde lang mit ihnen. Er sagte, sie sollten Ödipus nicht allzu ernst nehmen, womit er meine, erklärte er, daß unser Ich im Grunde fragmentarisch sei, von einer Persönlichkeit zur anderen hin und her wechsele bei dem verzweifelten Versuch, sich in die Welt einzufügen. Zur Einheit gelangten wir vermittels unserer Obsessionen, die uns vorgaukelten, »eins« zu sein, »wir selbst« zu sein, und uns erlaubten, statt uns an die Mitmenschen anzupassen, sie zu ignorieren. Er sagte, er beobachte schon seit langem, daß obsessive Ideen sich in eine merkwürdige sprachliche Unbestimmtheit hüllten und auf diese Weise in vielen verschiedenen Umständen eingesetzt werden könnten. Er sah dabei mich an, nicht Jones oder die Studenten. Offenbar sprach er von dem Aufsatz, den er auf die Rückseite des Hotelbriefpapiers geschrieben hatte.

Ich bin mir sicher, daß er eine Woche später immer noch an diesem Manuskript arbeitete, als ich wieder einmal bei ihm anklopfte und, bevor er mich zum Eintreten aufforderte, erst das Rascheln von Papieren hörte. Und ich bin mir fast sicher, daß er »es« an jenem Nachmittag in Paris bei sich trug, als er uns für einige Stunden verließ und dann mit leeren Händen zurückkam. Ich weiß nicht, ob er irgend etwas von meinen Vermutungen ahnte, nachdem ich an jenem Abend bei ihm hereingeplatzt war. Ich habe ihn nie danach gefragt, und er hat nie davon gesprochen. Gelegentlich schien er sich in meiner Gegenwart äußerst unwohl zu fühlen, als ob er fürchtete, ich könnte ihn fragen, was er da geschrieben habe. Sein Blick schien mir das Sprechen verbieten zu wollen. Aber ich habe die Frage nie gestellt. Vielleicht habe ich mich verhalten wie ein guter Pokerspieler.

Johnny hatte gesagt: »Gute Pokerspieler wissen, daß es Augenblicke gibt, in denen man die anderen Spieler nicht zwingen sollte, Farbe zu bekennen. Man darf sie nur nicht merken lassen, wie clever man ist.«

Er hatte hinzugefügt: »Und dann gibt es Augenblicke, in denen man die anderen Spieler zwingen muß, Farbe zu bekennen.«

Ich habe Freud nie gezwungen, Farbe zu bekennen, und so habe ich seine Karten nie zu sehen bekommen. Ich glaube auch nicht, daß ich jemals wirklich wissen wollte, was mein Vater an jenem Abend geschrieben hatte. Pokerspieler mögen am Bluffen Freude haben, aber es gibt Formen der Täuschung, die einfach zu schmerzlich sind, als daß wir die Wahrheit erfahren möchten. Genau das hat mein Vater gemeint, wenn er von Verdrängung sprach, und an jenem Abend hat er mich vielleicht auf die Probe gestellt.

»Bedauerlicherweise«, sagte Johnny, kurz bevor er sich an jenem Nachmittag verabschiedete, »besitzen wir keine ›Theorie‹ der Täuschung, sondern nur einen unvollkommen formulierten und kaum formalisierten ›Erfahrungsschatz‹.«

Seit dem Tod meines Vaters sind mehr als vierzig Jahre vergangen, und noch immer hat sich keine Spur jenes

6 Wie schon in der Einführung bemerkt, wurde das *Megalomanie*-Manuskript auf der Rückseite von Briefpapier des Hotels Brésil in Paris geschrieben. Anna Freuds Erinnerung ist zweifellos richtig. Wir werden niemals erfahren, was sie gedacht hätte oder welche Vermutungen bestätigt oder nicht bestätigt worden wären, wenn sie die Veröffentlichung des *Manuskripts* noch miterlebt hätte. Vielleicht hätte es sie bestürzt, von der Existenz ihrer jüngeren Halbschwester zu erfahren. Bemerkenswert bleibt aber, daß offenbar erst die Erinnerung an von Neumanns Besuch sie dazu gebracht hat, sich über das sonderbare Verhalten ihres Vaters im letzten Jahr seines Lebens Gedanken zu machen. Wie ich ebenfalls schon in der Einführung bemerkt habe, ist von Neumann das Bindeglied zwischen dem Freud des *Megalomanie*-Manuskripts und den modernen Kognitionswissenschaften.

Manuskripts gefunden. Manchmal frage ich mich, ob das alles nicht eine Erfindung meiner Phantasie sein könnte, ob meine »Erinnerung« an das, was ich gesehen habe, womöglich nur ein Trugbild ist.[6]

Eine letzte Bemerkung

Auch große Denker müssen einmal sterben – glücklicherweise. Dann können wir über sie schreiben, uns ein Urteil über sie bilden oder sie ignorieren. Viele hinterlassen Briefe, Manuskripte, Notizen, Zettel und andere Andenken an Geliebte, ehemalige Geliebte und solche, nach denen sie sich heimlich verzehrt haben. Sie tun dies in der Hoffnung, daß künftige Generationen von Wissenschaftlern und Denkern sich intensiv mit ihrem Leben und ihren Gedanken beschäftigen werden. Sie wollen auf diese Weise der Zeitgenossenschaft erhalten bleiben, so wie sie mit der Kultur ihrer Zeit untrennbar verbunden gewesen waren.

Wie man weiß, war Freud solchen Taktiken nicht abgeneigt. Dennoch gehen seine posthumen Streiche weit über die der meisten anderen großen Männer hinaus. Denn immerhin hat Freud am Ende seines Lebens beschlossen, sich selbst neu zu definieren.

Und er hatte das Glück, seine letzten Gedanken noch zu Papier bringen zu können. Anscheinend glaubte er, daß sich die Psychologie auch über ein halbes Jahrhundert nach seinem Tod noch längst nicht zu einer echten Wissenschaft entwickelt haben würde. Und tatsächlich sind wir ja immer noch weit davon entfernt, das Wesen von Logik, Wahrheit und Lügen zu verstehen. Auch heute gibt es noch keine echte Wissenschaft vom Denken.

Forscher, Psychologen und Biographen können von hier aus weitermachen, sie können Freud als Bezugspunkt ihrer Loyalität oder ihrer Überlegenheit verwenden, sein Vermächtnis neu bewerten und, indem sie Freud gewissermaßen neu definieren, einige der vorherrschenden Ideen des zwanzigsten Jahrhunderts einer Revision unterziehen.

In der Tat kann kaum bezweifelt werden, daß die Veröffentlichung von Freuds letzten Aufsätzen all denen, die ihn so voreilig von der Bühne gejagt haben, den Wind aus den Segeln nehmen wird. Denn was ihn dazu trieb, sein letztes Meisterwerk zu schreiben, war der Wunsch, nicht als bloße Fußnote in die Geschichte einzugehen – nicht von den olympischen Höhen zu stürzen, die er zu Lebzeiten

1 Ich kann hier nicht der Versuchung widerstehen, einen Traum zu erzählen, den ich in Paris hatte. *Ich blickte aus dem Hotelfenster nach dem Eiffelturm, und plötzlich erschien oben auf der bekannten gußeisernen Konstruktion ein riesiges, lebensechtes Bild der nackten Marilyn Monroe. Sie schwebte kurz über dem Turm, dann löste sie sich auf und hinterließ einen dunklen Fleck am Himmel, an dessen Stelle jedoch bald ein riesenhaftes Bildnis Sigmund Freuds trat, der Rauchringe blies und Zigarrenasche über Paris verstreute. Flammen und dunkle Wolken überzogen den Himmel. Und wie aus dem Nichts erschien plötzlich Moses, hob zwei gewaltige Steintafeln hoch über den Kopf, schwankte hin und her und schleuderte die Tafeln mit einer abschließenden, kräftigen Bewegung seiner Arme auf die Stadt. Die Bruchstücke sprangen bis in den Himmel hinauf. Moses, die Steintrümmer, die dunklen Wolken und die Flammen flossen zu Marilyn zusammen, wie sie in dem Film* Das verflixte siebte Jahr *zu sehen ist: mit den Händen ihren Rock festhaltend, der von einem aus dem Boden kommenden Luftstrom nach oben geweht wird. Dann erschien wieder Freud, der immer noch große Rauchringe blies, nun aber ein Manuskript hochhielt, ähnlich wie Moses die Steintafeln, die er über der Stadt zerschlagen hatte. Schließlich, als sei er sich meiner Gegenwart bewußt, sah er mich direkt an und zwinkerte mir zu.* Schweißgebadet wachte ich auf.

Was dieser Traum bedeuten könnte, ist mir ein vollständiges Rätsel.

erlangt hatte. Ich finde, wir alle können dankbar sein, daß er diese letzte heldenhafte Anstrengung unternommen und einen so kritischen und kompromißlosen Blick auf sein Lebenswerk geworfen hat. Vielleicht hatte er damit recht.[1]

Anmerkungen

Einführung

1. Von Frederick Crews stammt zum Beispiel die bekannte Freudsche Analyse Nathaniel Hawthornes: *The Sins of the Fathers: Hawthorne's Psychological Themes* (1966). Dort argumentiert er, Hawthornes Werk sei nur interessant, wenn man es als Freudsche Fallstudie lese: »Hawthornes hervorragende Eigenschaft als Psychologe besteht meiner Meinung nach nicht einfach darin, daß sich das scheinbar absonderliche Verhalten seiner Figuren mit Beispielen aus der Wirklichkeit vergleichen läßt, sondern daß es ihm gelingt, durch das Gewebe seiner Handlungen fundamentale, jedoch schwer faßbare seelische Prozesse darzustellen. Am bedeutsamsten ist in diesem Zusammenhang, daß seine Handlungen die Folgewirkungen des ungelösten ödipalen Konfliktes unglaublich realistisch zum Ausdruck bringen« (S. 262). Später schrieb er *Out of My System: Psychoanalysis, Ideology and Critical Method* (1975), eine Verteidigung der Psychoanalyse, in welcher er auch auf deren Grenzen hinwies. Dennoch glaubte er weiterhin: »Die Psychoanalyse ist die einzige psychologische Theorie, die unsere Methodik der Literaturinterpretation ernsthaft verändert hat, auch wenn diese Veränderung von den betrof-

fenen Parteien kaum begriffen wird« (S. 4). Er habe seinen Irrtum eingesehen und in der freieren Atmosphäre der post-freudianischen Epoche den Entschluß gefaßt, »anderen dabei zu helfen, jene Trugschlüsse zu vermeiden, denen ich in den sechziger Jahren unterlegen war ... Ich habe *keinerlei Respekt* vor Freud« (F. Crews: *The Memory Wars*, 1995; Hervorhebung im Original, S. 293).

5. Sein Aufsatz »*Zur Theorie der Gesellschaftsspiele*«, *Math. Ann.* 100 (1928), S. 295–320, wird häufig als die grundlegende Arbeit zur Spieltheorie bezeichnet, als Basis der mathematischen Modelle zur Beschreibung von strategischen Glücksspielen wie Poker oder Bridge. In diesem Aufsatz beweist von Neumann das »Min-Max-Theorem«: Für jedes Zwei-Personen-Spiel gibt es eine optimale rationale Vorgehensweise mit entgegengesetzten Vorzeichen (wenn Spieler A gewinnt, muß Spieler B verlieren). 1944 wandten von Neumann und Oskar Morgenstern die Spieltheorie auf ökonomische Fragen an (vgl. *Theory of Games and Economic Behavior*, Princeton, N. J., 1944).

Die Spieltheorie war von enormem Einfluß auf die biologischen Wissenschaften (vgl. unten, Anmerkung 14, sowie Norbert Wieners Bemerkungen zu Anna Freuds Aufsatz in Anmerkung 5, S. 185–186).

Mathematiker und Wissenschaftshistoriker haben jedoch auf einige beunruhigende Prioritätsfragen hingewiesen. 1921 schrieb der französische Mathematiker Émile Borel (1871–1956) als erster über strategische Spiele und ihre Anwendbarkeit auf Krieg und Ökonomie (Émile Borel: *La théorie du jeu et les équations intégrales à noyau symétrique gauche, Compte Rendu Acad. Sci. Paris*, Bd. 173 [1921], S. 1304–1308; ferner: *Théories des Probabilités*, Paris 1924, und *Compte Rendu Acad. Sci. Paris*, Bd. 184 [1927], S. 52–54). Von Neumann behauptete, Borels Arbeiten seien ihm nicht bekannt, und reagierte sehr verärgert, als die Aufsätze 1953 in englischer Übersetzung erschienen. (Zu Borels Aufsätzen und von Neumanns Reaktion vgl. *Econometrica* 21 [1953], S. 95–126; und Steve J. Heims: *John von Neumann and Norbert Wiener: From Mathematics to the Technologies of Life and Death*, Cambridge, Mass., 1980, S. 83–84, sowie Anmerkung 14, S. 440–441.)

14. Diese Aufzählung bedeutender wissenschaftlicher Theorien – alle der heute geltenden globalen Betrachtungsweise zugehörig – sollte aus Gründen der Vollständigkeit lauten: *Egoistische Gene, Meme, Selektion, Komputationen, Neuronale Netze, Spieltheorie, Gefangenen-Dilemma* und *Generative Grammatik*; dazu die großen wissenschaftlichen und mythischen Gestalten unserer Zeit: Mendel, Darwin, Turing, von Neumann, Wiener, Hamilton, Rosenblath und Chomsky. Des weiteren sollte bemerkt werden, daß eine der weithin anerkannten »Erkenntnisse« der Spieltheorie aus einem internationalen Wettbewerb hervorgegangen ist, bei dem Strategietheoretiker aufgefordert wurden zu entscheiden, welches Muster von »Kooperation« und »Defektion« (Nicht-Kooperation) für beliebige Formen des Wettbewerbs das effektivste sei. Als beste Strategie wurde *Tit-for-Tat* genannt – zu Beginn soll man kooperieren, dann aber jeweils den letzten Zug des Gegners nachahmen, also defektieren, wenn dieser es tat, und kooperieren, wenn

dieser es tat. Wie der Organisator des Wettbewerbs schrieb: »In einer Welt ohne Nullsummen braucht man also den anderen Spieler gar nicht zu überbieten, um selbst gut abzuschneiden … Läßt man jeden von ihnen genausogut oder ein bißchen besser abschneiden, liegt man genau richtig, solange man auch selbst gut abzuschneiden sucht. Es gibt keinerlei Grund, dem anderen Spieler seinen Erfolg zu neiden, denn in einem Wiederholungs-Gefangenendilemma von langer Dauer ist der Erfolg des anderen praktisch Voraussetzung für das eigene gute Abschneiden« (Robert Axelrod, zitiert in Douglas R. Hofstadter: *Metamagical Themas: Questing for the Essence of Mind and Pattern*, New York 1985, S. 727). Ich halte dies für eine ziemlich sonderbare Behauptung, da die heutigen Wissenschaftler und Philosophen mit all ihrem Gerede von blinden genetischen Strategien, die menschliches und tierisches Verhalten rücksichtslos bestimmen sollen, nichts als Schuldgefühle angesichts der Logik ihrer eigenen Argumente zu äußern scheinen. Sie fühlen sich gedrängt zu beweisen, daß die Natur auch von uns Kooperation erwartet. Tit-for-Tat ist ein perfektes Beispiel für dieses Bedürfnis, brüderliche Liebe unter Mensch und Tier zu finden. Freud schließt in seinem *Manuskript* keine derartigen Kompromisse, und daher glaube ich, daß sein Werk weitaus tiefer in das menschliche Verhalten eindringt. Tatsächlich führt dieses Bedürfnis, auf »Kooperation« in den Welten von Mensch und Tier zu pochen, zu der bereits zitierten, ziemlich absurden Behauptung, daß *»es keinen Zweck hat, auf den Erfolg des anderen neidisch zu sein«*! Und worin, möchten wir Professor Axelrod (den Verfasser dieser weisen

Worte) fragen, besteht der Zweck des Erfolgs, wenn alle anderen ebenfalls gut abschneiden? Die Aussage ist so naiv wie die Vorstellung, daß es möglich sei, in einer Welt zu leben, in der *alle Menschen* reich sind. Wer würde dann wem *dienen*? Erfolg hat den Zweck, daß wir uns damit brüsten können – daß wir sagen können: Wir sind besser als die anderen.

Kapitel 2

1. Luc Tangorre, dessen Geschichte derjenigen von Hans Hellbach, wie sie im *Manuskript* geschildert wird, verblüffend ähnlich ist, wurde zum ersten Mal 1983 wegen einer Serie von Vergewaltigungen verhaftet, die er zwischen 1979 und 1981 in Marseille begangen hatte. Mitglieder des zu seiner Verteidigung gebildeten Komitees waren angesehene Persönlichkeiten, wie zum Beispiel Françoise Sagan, Marguerite Duras, Claude Mauriac, Laurent Schwartz, Pierre Vidal-Naquet u. a. Im Februar 1988 wurde er vom damaligen Präsidenten, François Mitterrand begnadigt. 1992 wurde er erneut verhaftet und schließlich wegen Vergewaltigung zweier junger Amerikanerinnen (die Tat wurde am 23. Mai 1988 begangen) verurteilt. (Vgl. Pierre Vidal-Naquet: »Luc Tangorre et notre erreur«, *Le Monde*, 15. Februar 1992, S. 1–2, wo er zugibt, hereingelegt worden zu sein. Zu Einzelheiten des Prozesses vgl. auch *Le Monde*, 9./10. Februar 1992, S. 9.) Die bemerkenswerte Ähnlichkeit einiger Details mit dem von Freud beschriebenen Vergewaltigungsfall sowie auch mit seinen Ausführun-

gen zum Prozeß gegen Wagner-Jauregg verleiht seinen Schlußfolgerungen in bezug auf gewisse fundamentale Aspekte der menschlichen Psyche beträchtliches Gewicht.

Kapitel 8

1. Ich gebe hier ein paar Beispiele für einige der negativeren Reaktionen auf Freuds Aussage, wonach Autorität psychotisch sei.

Ein Wissenschaftler, der seinen Roboter als »die intelligenteste und gebildetste aller bis heute gebauten Maschinen« bezeichnete, schrieb, daß »im Gegensatz zu der in dem Sigmund Freud zugeschriebenen *Manuskript* geäußerten Ansicht eine Maschine um so rationaler ist, je intelligenter sie ist. Freud leistet dem Gemeinplatz Vorschub, nach welchem große Genies geisteskrank seien. Inzwischen hat die Wissenschaft gezeigt, daß das Gegenteil der Fall ist.« Mehrere Philosophen äußerten sich spöttisch über Freuds Ansicht von den Gesetzen im zweiten Teil des Abschnitts. Ein Politologe schrieb: »Seine Unfähigkeit, die Demokratie zu verstehen, entspringt dem tiefverwurzelten Bedürfnis, seinen eigenen Größenwahn auf die Gesellschaft zu projizieren.« Ein Rabbiner und ein Kardinal beeilten sich beide, Moses und die Zehn Gebote zu verteidigen. »Dies ist ein Werk des Teufels«, schrieb der Kardinal.

Die folgenden Ausführungen stammen von einem Wissenschaftshistoriker: »Selbst wenn das *Manuskript* im Delirium mit dem Tod vor Augen verfaßt worden wäre (aber dazu ist es zu umfangreich und zu sorgfältig durchdacht), ist es inhaltlich von unverzeihlicher Trivialität. Männer von echtem Format geraten niemals ins Delirium. Freud stellt die Grundlagen des rationalen Denkens in Frage, die Fundamente der Gesellschaft und die psychologische Stabilität seiner glühendsten Bewunderer ebenso wie die seiner vehementesten Kritiker.

Das *Manuskript* zeugt nicht von Freuds Größe, sondern von der Gemeinheit seines Charakters. Im Grunde ging es bei Freud nur um Neid. Das beste bekannte Beispiel dafür ist vielleicht sein Briefwechsel mit Albert Einstein. Einstein hatte Zweifel an Freuds Arbeit geäußert [vgl. Jones, *op. cit.*, 3, 243]. Da Freud von Wissenschaft nur wenig Ahnung hatte und nicht gewußt haben konnte, welche Entdeckungen noch bevorstanden, faßte er auf seine engstirnige, neidische, kleinliche Art den Entschluß, ein Manuskript zu hinterlassen, das die Integrität von künftigen Wissenschaftlern in Zweifel ziehen sollte. Das *Manuskript* ist der Beweis für den Bankrott des Freudschen Denkens.«

Kapitel 9

4. Als Gulliver (wie das halluzinatorische Über-Ich) im Vergleich zu den Liliputanern ein Riese wird – der Mensch als Berg –, bringen auch seine banalsten Handlungen – das Schwert schwingen, mit der Pistole schießen, Niesen usw. – die armen Liliputaner dazu, mit Ehrfurcht, Angst und Bewunderung zu reagieren. Gulliver spielt auch mit

der feindlichen Flotte wie mit Spielzeugen, etwa so, wie Dicke mit der Marilyn-Maschine spielt. Aber die Ehrfurcht, die er einflößt, hat keinerlei moralischen Aspekt. Es ist Ehrfurcht um der Ehrfurcht willen!

Auch Alice scheint die offenbare »Objektivität« von Freuds halluzinierendem Über-Ich zu bekunden, wenn sie fragt: »Bin ich wirklich ich?« Gewalt ist ein wichtiger Bestandteil von Alices Welt; in einer Welt ohne Moral werden Tiere ständig mit der Auslöschung bedroht. Und wie die »heiligen Texte« von Freuds Megalomanen (Wagners geheime Theorie oder Dickes Schleifen-Theorie usw.) ist auch Jabberwocky ein heiliger Text, gelesen in einem moralischen Vakuum. »Der Reiz von Jabberwocky besteht darin, daß es in einer verschlüsselten Sprache geschrieben ist«, bemerkte William Empson, »in einer Sprache, mit der Erwachsene etwas vor Kindern oder Kinder etwas vor Erwachsenen verbergen« (*Some Versions of the Pastoral*, New York 1960, S. 255).

Zum Schluß möchte ich darauf hinweisen, daß Phyllis Greenacre etwas von Freuds halluzinatorischem Über-Ich erfaßt hat, als sie schrieb: »Ich kam zu dem Schluß, daß Fetischismus, und vielleicht auch andere Perversionen der emotionalen Entwicklung, bei Menschen auftritt, die zwar konstitutionell aktiv und stark sind, jedoch in gewissen entscheidenden Phasen der frühen Kindheit äußeren Streßfaktoren ausgesetzt waren, welche die Integrität der Selbstwahrnehmung und der Assimilierung der eigenen Körpergefühle verletzt haben. Mit anderen Worten: Das Körperbild wird beschädigt; und die fetischistische Perversion ist ein … Versuch, jenes so zu stabilisieren, daß die

Fähigkeit, inhärente aggressive und sexuelle Triebe nutzbar zu machen, gesteigert wird … Eine Erscheinungsform dieser Beschädigung … zeigte sich in gestörten subjektiven Empfindungen etwa der Art, daß der gesamte Körper oder bestimmte Körperteile sich in der Größe verändern« (*Swift and Carroll: A Psychoanalytic Study of Two Lives*, New York 1955, S. 10–11). Zwischen dieser Interpretation von Gefühlen und der von Freud im *Manuskript* dargelegten scheint eine interessante Beziehung zu bestehen, auch wenn Greenacre immer eine orthodoxe Freudianerin war und sich mit Freuds posthumen Ansichten wahrscheinlich nicht hätte anfreunden können.

Anna Freud: Anmerkungen zu einem Gespräch mit Johnny von Neumann

5. Norbert Wiener schreibt in seinem Buch *Kybernetik: Regelung und Nachrichtenübertragung im Lebewesen und in der Maschine* (Düsseldorf, Wien, 2. Ausg., 1963, S. 195–196) zur Spieltheorie das Folgende:

Diese Theorie ist auf die Annahme gegründet, daß jeder Spieler in jedem Stadium im Hinblick auf die ihm jeweils verfügbare Information gemäß einer völlig vernünftigen Strategie spielt, die ihm letztlich die größtmögliche Hoffnung auf Gewinn gewährleistet … Schon bei zwei Spielern ist die Theorie kompliziert, obgleich sie oft zur Entscheidung über einen bestimmten Verlauf des Spiels führt. In vielen Fällen jedoch, in denen es drei Spieler gibt, und in der überwältigenden Mehrzahl von Fällen, bei denen die

Spieleranzahl groß ist, ist das Resultat von extremer Unbestimmtheit und Instabilität. Die einzelnen Spieler werden durch ihre Habgier gezwungen, Bündnisse zu schließen; aber diese Bündnisse festigen sich im allgemeinen nicht in eindeutiger, endgültiger Weise, und gewöhnlich laufen sie auf ein Gewirr von Verrat, Abtrünnigkeit und Betrug hinaus, das nur allzusehr ein Bild des höheren Geschäftslebens oder des engverwandten Lebens der Politik, der Diplomatie und des Krieges ist. Auf die Dauer muß sogar der glänzendste und gewissenloseste Händler mit dem Ruin rechnen; aber wenn auch die Geschäftemacher des Spiels müde werden und bereit sein sollten, in Frieden miteinander zu leben – die großen Gewinne bleiben demjenigen vorbehalten, der die günstigste Zeit abwartet, seine Übereinkommen zu brechen und seine Geschäftsfreunde zu betrügen.

Personen der Handlung

Aus der fiktiven Welt

Professor Albert J. Stewart: Kommentator des Freudschen *Manuskripts*; Kollege von Norman Dicke; zusammen mit Dicke Koautor zahlreicher Aufsätze zur Schleifen-Theorie.

Norman Dicke: Stewarts renommierter Kollege; Looker-Preisträger; Schöpfer der Schleifen-Theorie und der Marilyn-Maschine.

Debra: Dickes ehemalige Habilitandin.

Die Marilyn-Maschine: erotisierende Schöpfung Dickes und seiner Kollegen.

Bernadette Schilder: mysteriöse Enkelin von Sigmund Freud.

Emma Benesch-Schilder: Bernadette Schilders Mutter; Tochter von Freud und Adelaide Benesch.

Adelaide Benesch: Bernadettes Großmutter (Emmas Mutter), deren Affäre mit Freud bis zur Publikation der hier vorgelegten Dokumente ein wohlgehütetes Geheimnis war.

Stefan Schilder: Ehemann von Emma Benesch, Vater von Bernadette Schilder; an Bernadettes erstem Geburtstag von einem Automobil getötet.

Georg Probst: SS-Offizier, der mit Wagner studiert und das *Manuskript* aufbewahrt hatte, das Adelaide Benesch nach dem Anschluß ungelesen an Freud zurückgeschickt hatte.

Heinrich Probst: Neffe von Georg Probst; erbt das *Manuskript*, versucht es zu veröffentlichen und übergibt es nach dem Krieg schließlich der Familie Benesch-Schilder in London.

Hans Hellbach: österreichischer Vergewaltiger, der in den zwanziger Jahren vom Präsidenten begnadigt und wenig später wegen Vergewaltigung zweier Frauen in Süddeutschland verhaftet wurde. Soldat im Ersten Weltkrieg und von Wagner und Kozlowski »erfolgreich« wegen Kriegsneurose behandelt.

Aus der umgedichteten Welt

Luc Tangorre: französischer Vergewaltiger, der über ein halbes Jahrhundert danach vom Präsidenten begnadigt wurde. Stewart verweist auf Parallelen zum Fall Hellbach in Freuds *Manuskript.*

Julius Wagner-Jauregg: seit dem gemeinsamen Medizinstudium mit Freud befreundet; Nobelpreis 1928; in seiner Klinik wurden während des Ersten Weltkriegs als »Simulanten« eingestufte Soldaten mit Elektroschocks behandelt; bei Wagners »Prozeß« im Jahre 1920 sagte Freud als Sachverständiger aus.

Michael Kozlowski: ein Kollege Wagners, sadistisch und verlogen; bei Wagners »Prozeß« nicht anwesend; ein von Wagner auf Kozlowski verfaßter Nachruf erschien 1935 nur in polnischer Sprache.

Gustave Eiffel: Erbauer des berühmten Eiffelturms.

Maurice Koechlin: Kollege von Eiffel; er und Émile Nouguier sind die wahren Erfinder des »Eiffel«-turms; erzählt Freud seine Geschichte.

John von Neumann: bedeutender Mathematiker des zwanzigsten Jahrhunderts, dessen Werk entscheidende Beiträge zur Entwicklung des Computers geliefert hat; Schöpfer der Spieltheorie (1928); besucht in den fünfziger Jahren Anna Freud.

Émile Borel: bedeutender französischer Mathematiker; schrieb die ersten bekannten Aufsätze zur Spieltheorie (1921), deren Bedeutung von Neumann in Frage stellte (1953).

Norbert Wiener: Schöpfer der Kybernetik; stand der Spieltheorie kritisch gegenüber.

Anna Freud: Freuds Tochter; sieht Freud beim Abfassen des *Manuskripts*, fragt aber nicht, was er da schreibt; stirbt, bevor das *Manuskript* entdeckt wird; spricht mit von Neumann.

Sigmund Freud: schreibt ausführlich über die Mängel seines Lebenswerks und präsentiert eine verblüffend neue psychologische Theorie.

Moses: Obsession Freuds; mutmaßlicher Autor der Zehn Gebote; einer der ersten dokumentierten Fälle von Megalomanie.